촛불의 미학

LA FLAMME D'UNE CHANDELLE
Gaston Bachelard

촛불의 미학

가스통 바슐라르 지음 | 이가림 옮김

문예출판사

차례

깊이의 과학과 시의 울림

— 가스통 바슐라르의 세계

이가림

오늘날 "시인 가운데서 가장 훌륭한 철학자이며, 철학자 가운데서 가장 훌륭한 시인"이라는 특이한 자리의 사상가로 평가받는 가스통 바슐라르는 이제 프랑스의 울타리를 넘어 폭넓은 관심의 대상이 되고 있다. 우리나라의 경우, 몇 년 전만 하더라도 몇몇 학자들의 입에 오르내릴 정도에 머물렀으나, 요즘은 그에 대한 본격적인 연구가 새로운 조명 아래 이루어지고 있으며, 일반 독자들에게도 상당히 가까운 사상가로 알려져 있음을 볼 수 있다. 이것은 현대 과학이 내포하고 있는 가장 선단적(先端的) 문제에서부터 시(詩)의 가장 원초적·본질적 문제에 이르기까지 광범위한 넓이를 지닌 그의 세계가 보다 보편적인 감동의 메아리를 불러일으키고 있는 좋은 징후라 할 것이다.

《촛불의 미학》(Gaston Bachelard, *La Flamme D'une Chandelle*, Presses Universitaires de France, Paris, 1961)은 바슐라르가 세상을

떠나기 1년 전에 내놓은 마지막 저작이다. 시적 상상력에 관한 획기적인 측면을 제시한 철학자로서 그가 도달한 궁극적 정점을 우리는 이 조그맣고 아름다운 책을 통해서 구체적으로 만날 수 있다.

《촛불의 미학》은 언뜻 보기에는 모든 지식(savoir)의 요소들을 벗겨버린, 즉 엄격하게 정돈된 과학적 인식론의 철학에서 멀리 떨어져 있는 시적 몽상의 세계처럼 보인다. 그러나 이러한 내밀성(l'intimité)의 배후에는 저 놀라운 과학철학자, 물리학자, 사상가로서 바슐라르의 모습이 숨어 있다. 과학의 결함을 시로 메우고 시의 결함을 과학으로 메워야 한다고 말한 그의 탐구의 모든 무게가 걸려 있는 이 간결한 몽상의 책도 시와 과학의 접점에 놓여 있는 바슐라르적 바탕 위에서 볼 때 비로소 "항상 살아 있는 뜻"을 읽을 수 있을 것이다.

바슐라르의 저작들은 과학철학에 관한 것과 시적 이미지 또는 문학적 상상력에 관한 것 두 가지 계열로 확실히 나누어진다. 《촛불의 미학》은 말할 것도 없이 후자의 계열에 속한다. 이 두 가지 계열의 끊임없는 움직임은 바슐라르라는 한 사람의 탁월한 "시인이자 철학자", 또는 과학자가 품고 있는 문제의식의 표리를 이루는 것으로 보아야 하리라. 시적 이미지에 관한 그의 최초의 저작 《불의 정신분석(La Psychanalyse du Feu)》과 과학 인식론적 저작 가운데서 매우 중요한 책의 하나로 꼽히는 《과학적 정신의 형성 : 객관적 인식의 정신분석에의 기여(La Formation de L'esprit

Scientifique : Contribution à une Psychanalyse de La Connaissance Objective)》가 같은 해인 1938년에 나온 것을 비롯하여, 이 두 가지 계열은 상관 관계를 이루면서 계속 진행되고 있다. 사실《촛불의 미학》끝부분에서도 몽상가의 정신 속에 몽상의 명암을 "새겨두는" 것을 의도하면서 다른 한편으로는 "아주 엄격하게 정돈된 사상(des pensées bien sévèrement ordonnées)", 엄밀한 전개를 갖는 책에 대한 향수를 말하고 있다. 또 바슐라르는《몽상의 시학(La Poétique de La Rêverie)》에서 "아니마(anima)가 우리 삶의 모든 것이 되지 않도록 다음에는 아니무스(animus)의 작품을 한 권 쓰고자 한다"고 진술한다.

여기서 말하는 "아니무스의 작품"이란 아니마의 쪽, 즉 영혼의 산물인 몽상의 책에 대립되는 정신의 산물인 과학적 인식의 책을 뜻한다. 아니무스와 아니마—인간의 정신 기능 가운데 있는 남성적인 것과 여성적인 것, 정신과 영혼, 깊이의 과학과 시의 울림, 이러한 대립과 공존은 인간 존재에 관한 바슐라르의 기본적 사고를 나타내는 것으로, 그의 저작 활동 자체가 그것을 직접적으로 보여준다. 그러나 바슐라르는 우주의 근원적 요소에 뿌리박은 몽상, 내밀한 영혼의 평안을 추구하면서 끊임없이 상승하는 수직의 축(axe)에 보다 큰 의미를 부여하고 있는 것이 아닐까? 그의 생애 마지막을 장식하는 책이 촛불의 불꽃을 둘러싼 몽상의 책이었다는 것은 우연이긴 하지만 매우 의미심장하다. 정신의 산물로서, 과학과 영혼의 산물로서 시(poésie)라는 두 개의 극

사이에 일어나는 변증법적 생성—바슐라르의 참다운 존재의 모습을 우리는 이런 다이내믹한 움직임 속에서 찾을 수 있을 것이다.

그러면 여기서 매순간 미래를 획득하면서 살고, 그렇게 함으로써 삶을 팽팽한 실존으로 이끌어 간 그의 연대기적 흔적을 간단히 더듬어보기로 한다.

바슐라르는 1884년 6월 27일, 프랑스 북동부 샹파뉴 지방의 바르 쉬르 오브(Bar-Sur-Aube)에서 농부의 아들로 태어나, 그곳에서 중학교를 마친 뒤 1902년 세잔 학교에서 복습교사(répétiteur) 생활을 한다. 1903년부터 1905년까지 알사스 지방 르미르몽에서 우편전신국 견습공 노릇을 하다가 2년간 군에 복무한 후 1907년 파리에 있는 우편전신국의 사무원이 된다. 그는 이 우편전신국에 근무하는 동안 독학으로 수학사 학위를 획득하고, 1913년부터 1년 동안 전신 기사 시험을 준비하느라 휴직한다. 그리고 1914년 8월 2일부터 1919년 3월 16일까지 전투 부대로 전선에 동원되었다가 1919년 10월 1일부터 바르 쉬르 오브의 중학교에서 물리학과 화학을 가르친다. 1920년에 철학사 학위를 받고 1922년에는 철학 교수 자격까지 얻는다.

1927년에는 소르본 대학에서 〈근사적(近似的) 인식에 관한 시론(Essai Sur La Connaissance Approchée)〉이라는 논문을 제출하여 문학 박사 학위를 받는다. 1930년부터 1940년까지 약 10년간 디종의 문과 대학에서 철학을 강의하고, 1940년 이후 소르본 대학에서 과학사와 과학철학을 담당하다가 1954년에 명예 교수가 된다. 1955년 아카데미 회원에 선출되고, 1961년에는 국가 문학 대상을 수상한다. 그리고 1962년 10월 16일, 마침내 삶을 마감하고 그가 태어난 고향 바르 쉬르 오브에 묻힌다.

이상에서 볼 수 있는 바와 같이 바슐라르의 생애는 특별히 굴곡 있는 것이 아님을 알 수 있다. 그러나 무한한 존재의 확대와 인간적 생성의 격앙 상태를 항상 새로운 이미지를 통해 영감의 정점에서 붙잡으려고 애쓴 상상력의 현상학자를 이해하는 데에 단순한 전기적 사실의 추적은 얼마나 쓸모없는 일인가. 바슐라르에게 참다운 삶을 가능하게 하는 것은 상상력에 의한 상상의 공간을 통해서이며, 그 상상적인 것(imaginaire)의 차원에서 영혼(âme)의 자유로운 비상을 꿈꿈으로써 이룩되는 것이다.

가스통 바슐라르 하면 대개 시적 이미지에 관한 혁명적 측면을 내세운 "물질적 상상력(imagination matérielle)"과 저 유명한 4원소론(les quatre éléments)에 바탕을 둔 상상력의 분류를 떠올리는 것이 보통이다. 그러나 바슐라르에 대한 이런 성급한 이해는 어디까지나 부분적인 것이며, 시와 과학을 서로 보완하는 것으로 생각하여 그 두 개의 축을 반대 물질로서 일치시키는 놀라운 세계에 대한 어떤 오류를 낳기 쉬울 것이다. 그럼에도 화학·물리학 등에 기초를 둔 그의 과학적 인식론에 대한 접근은 한 사람의 불문학도로서 역사적 범위를 벗어나는 일이므로 피하기로 하고, 여기서는 다만 시적 울림을 불러일으키는 근원적 요소—그의 4

원소론에 얽힌 상상력을 다시 한번 정리해보는 것으로 그치려 한다.

4원소에 대한 바슐라르의 생각이 뚜렷하게 드러나 있는 것은 그가 1942년에 쓴《물과 꿈 : 물질적 상상력에 관한 시론(L'eau et Les Rêves : Essai sur L'imagination de La Matière)》이다. 우리의 상상력은 매우 다른 두 개의 축 위에서 전개된다고 그는 말한다(《물과 꿈》, 프롤로그, 문예출판사, 1980 참조). 그 하나는 새로움 앞에서 비약을 찾는, 즉 그림같이 아름다운 것이나 다양함, 예기치 않은 사건을 즐긴다. 또 다른 상상력은 존재의 근원을 파고들어가, 원초적인 것과 영원한 것을 동시에 존재 속에서 찾아내고자 한다. 이것을 철학적으로 표현한다면, 형식적 요인에 생명을 부여하는 상상력과 물질적 요인에 생명을 부여하는 상상력, 또는 더 간단히 말하면 "형식적 상상력(imagination formelle)"과 "물질적 상상력(imagination matérielle)"으로 구분할 수 있다.

그리하여 시적 창조의 완전한 철학적 탐구를 위해서는 이 두 개의 개념이 불가결하지만, 그동안의 미학에서는 형식적 요인의 연구만 행해지고 물질이 갖는 개성화의 힘이 과소평가되었다 하여 바슐라르는 특히 물질적 요인의 중요성을 강조한다. 그리하여 그는 인간의 상상력을 근본적으로 물질적이라고 생각하면서 네 개의 기본 물질, 이른바 4원소라 부르는 물·불·공기·흙으로 분류할 것을 주장한다.

"사실 우리는 상상력의 영역에서 물·불·공기·흙의 어느 것에 결부되느냐에 따라 다양한 물질적 상상력을 분류하는, 4원소의 법칙을 규정하는 것이 가능하다고 믿는다. 그리고 만약 우리가 주장하는 바와 같이 모든 시학이 물질의 본질에서, 그것이 아무리 미약하다 할지라도 분력(分力/composante)을 받아들여야만 하는 것이라면, 필연적으로 시적 영혼을 가장 강력하게 결합시키는 것은 기본적인 물질 원소에 의한 분류일 것이다.”(《물과 꿈》, p. 12 참조).

확실히 인간의 몽상은 본질적으로 물질적인 것임을 느낄 수 있다. 가령 강이 흐르는 곳에서 태어난 사람은 물이 그의 무의식을 지배하며, 물이라는 원초적 사물이 그의 어린 시절의 꿈도 물질화한다고 볼 수 있다. 고향이란 하나의 영역이 아니라 차라리 하나의 물질이다. 이러한 물질로서 고향에 연결되어 있는 인간은 결국 편애하는 하나의 이미지, 하나의 원시적인 감정, 근원적으로 몽상적인 하나의 기질에 지배당한다. 대개 광대한 바다가 부드러운 강이나 시냇물만큼 무의식을 지배하지 못하는 이유는 사실상 사람이 그것을 만져보거나 감지할 수 없는데다 바다에 관한 이미지 자체가 먼 바다로부터 돌아온 사람들의 간접적인 이야기의 영역을 넘지 못하기 때문이다. 다시 말하면 그것은 물질의 영역에 들어오지 못하기 때문이다.

그러므로 바슐라르에 따르면, 한 인간의 믿음·정열·이상·사고의 형태를 파악하려면 그것들을 지배하는 기본 4원소인 물·불·공기·흙 가운데 어떤 물질의 한 속성으로서 다루어 생각해야 한다는 것이다.

바슐라르의 이러한 "열린 상상력(imagination ouverte)"에 관한 생각을 보다 깊이 있게 알아보기 위해서는 객관적 인식의 방법에서 주관적 인식의 방법으로 눈을 돌린 미학적 출발점에서부터 시작하여 그의 영혼의 움직임을 하나하나 따라가보아야 할 것이다. 하지만 그의 상상력에 관한 일련의 저작들을 살펴보는 것만으로도 한 편의 긴 논문을 써야 할 것이므로, 간단한 소개에 그치게 될 이 짧은 글에서 장 피에르 리샤르(Jean Pierre Richard)의 매우 압축된 요약을 들어보는 것이 바람직할 것 같다.

"바슐라르가 하고 있는 것은 몇몇 표본이 될 만한 원형적인 몽상들, 사물을 포착하는 우리의 활동이 원시적으로 상상을 통해 이루어지는 원형적 몽상들을 규정하려고 노력함으로써 어떤 은유 속에 담겨 있는 상징적 의미, 어떤 이미지 속에 포함되어 있는 실존적 고백을—참으로 천재적인 폭넓은 이해력과 공감을 발휘하여—드러내보이는 일이다. 따라서 상상력은 인식—대상에 대한 어렴풋한 인식—이며 상상하는 자아(le moi qui imagine)의 승화인 것이다. 그리하여 시는 과학 못지않게 확실한, 과학보다 훨씬 더 개성적인 지식이 되는 것이다."

상상력의 정신분석에서 진실로 혁명을 일으킨 바슐라르의 기본적인 요소가 아주 빈틈없이 잘 드러나 있음을 본다. 그러나 이와 같은 상상력에 관한 새로운 검증의 자취만으로 그의 정신(animus)과 영혼(amima)의 생성 과정이 송두리째 밝혀지는 것은 아니다. 형식에 대한 물질의 독자성을 내세운 데서 출발하여, 상상력의 역동성과 비상하는 수직의 축을 따라 생성하는 존재로서 인간의 본질적 지향을 거쳐, 마침내 상상적인 것이 내포하고 있는 윤리적 가치의 지평에까지 다다른 "처음부터 몇 번이고 반복되는 고독"의 움직임! 바슐라르에게 산다는 것은 생성하는 것, 순간순간 새로운 미래를 획득하면서 진행하는 창조의 과제이다. 따라서 그는 과거조차도 고정된 불변의 실체가 아닌, "하나의 항구적인 이미지", 도달해야 할 하나의 미래로 본다. 그리하여 그는 자신의 삶을 소재로 하여 상상력과 언어를 통해 끊임없이 삶을 재구축한다. 그것은 마치 자기 자신을 소재로 하면서 빛을 얻기 위해 항상 위를 향해 타오르는 촛불의 불꽃과 같다.

이러한 바슐라르적 삶의 열기, 상상력의 비밀을 보다 구체적인 각도에서 바라보기 위해 편의상 "불"의 이미지를 테마로 한 두 권의 중요한 저작—1938년 그가 처음으로 문학적 상상력에 관한 《불의 정신분석》을 쓴 이후 20여 년이 지난 1961년에 그의 마지막 도달점이라고 할 수 있는 《촛불의 미학》을 쓴 것은 매우 계시적이다—에 대해서만 이야기하기로 한다.

《불의 정신분석》에서 바슐라르는 불이라는 대상을 인식하는 데 순수한 객관적 축보다 주관적 축이 중요하다고 말하면서 정신분석학적 방법을 적용하여 과학적 인식의 결함을 메우려고 시도한다. 그는 여기에서 불이 보여주는 콤플렉스를 네 가지로 나누어 분석해나간다. ① 프로메테우스의 콤플렉스, ② 엠페도클레

스의 콤플렉스, ③ 노발리스의 콤플렉스, ④ 호프만의 콤플렉스
가 그것이다.

첫째, 프로메테우스의 콤플렉스란 불에 대한 인간의 동경과
갈망이 바로 지식에 대한 갈망에서 비롯된 것이라 보고, 손윗사
람의 의사에 반항하는 근원적 요소를 말한다. 그리스 신화에서
프로메테우스는 연약한 인간을 구원하기 위해 신들의 소유물인
불을 몰래 훔쳐내어 인간에게 나누어준다. 이 불로 인해 인간은
급속한 발전을 이루며 다른 짐승들과 구별되는 월등한 지위를 차
지하게 된다. 그러나 제우스는 인간이 신들의 소유물인 불을 사
용함으로써 자기들보다 더 우월해지지 않을까 하는 우려에서 불
의 사용을 금지한다. 이것은 제우스의 입장에서 본다면 금지를
의미하며, 프로메테우스의 입장에서 본다면 지식의 보급을 뜻한
다. 프로메테우스의 콤플렉스는 남이 자기보다 나아지는 것을 금
하고 꺼리면서도 인간의 발전을 위해 지식을 보급한다는 두 개의
상이한 측면을 동시에 갖는 것을 가리킨다.

둘째, 엠페도클레스의 콤플렉스는 삶의 본능과 죽음의 본능이
대립하는 현상을 말한다. 그리스의 철학자 엠페도클레스의 이름
에서 빌려온 이 개념은 삶의 본능에서 자신을 파괴하여 재생의
기회를 얻는 것을 뜻한다. 엠페도클레스는 말년에 자기가 신이라
는 점을 확신시키기 위해 에트나 화산에 뛰어드는데, 이 세상과
저 세상을 연결시킨다는 신념을 가지고 자신을 파괴함으로써 재
생의 길을 찾는다.

셋째, 노발리스의 콤플렉스란 원시시대로 돌아가기를 바라는 원초적 사랑의 요소를 가리킨다. 두 개의 사물이 마찰해서 불이 태어나듯이, 남녀 간의 사랑도 마찰을 통해 성적인 불이 강렬해지며 열기를 얻게 된다는 것이다. 제라르 드 네르발(Gérard de Nerval)의 《불의 딸(Les Filles du Fue)》에 나타난 사랑의 세계가 바로 이러한 불을 가장 잘 보여준 예라 할 것이다.

넷째, 호프만의 콤플렉스는 불과 다른 요소의 결합을 말한다. 불이 공기와 결합하면 상승하여 하늘로 올라가서 "양(陽)"이 되고, 대지와 결합하면 "음(陰)"이 된다는 것이다. 특히 알코올의 세계는 불과 물이 결합한 상태로서, 그것이 사람의 몸에 스며들어 가면 나중에는 열이 되고, 마침내 몸을 태워 무(無)의 경지에 이르게 한다. 에드거 앨런 포의 상상 세계에 이러한 현상이 강하게 나타난다고 할 수 있다.

이상에서 볼 수 있듯이 바슐라르가 보여주는 불의 콤플렉스 분석은 이른바 프로이트류의 정신분석학에서 쓰는 정신병리학적 방법을 벗어나 미학적 방법을 사용하고 있음을 주목할 필요가 있다. 바슐라르는 불을 그 형태에 따라 세 가지로 분류하는데 ① 자연의 불(le feu du naturel), ② 부자연의 불(le feu de l'innaturel), ③ 자연에 대립하는 불(le feu contre la nature)이 그것이다.

"자연의 불"이란 그야말로 자연스럽게 불이 제대로 타는 것을 말한다. 그러나 불이 계속해서 강렬하게 타오르기 위해서는 연료의 꾸준한 공급이 필요하다. 이 불은 꾸준한 노력과 인내와 극복을 요하므로 남성적이라 할 수 있으며, 속에서 타는 불을 가리킨다. 이에 비해 "부자연의 불"은 자꾸 꺼지려고 하는 상태로 변덕이 심해 여성적인 불이라 할 수 있으며, 자연의 불과는 반대로 밖으로 나타난다. 그리고 "자연에 대립하는 불"은 자기에게 맞붙으려고 하는 것을 태워서 재로 만들어버리는 힘을 가지고 있다. 이 불에 무엇인가를 넣으면 금방 타버리고 만다. 가령 장 라신(Jean Racine)의 작중 인물들이 보여주는 지나친 정열은 이러한 불을 상징한 것으로 볼 수 있다. 자기와 남을 태워버리려는 이 불은 대개 타인을 위하기보다는 해치기 쉬운 수단으로 사용된다.

그런데 같은 불이면서도 본질적으로 다른 것이 촛불이다. 촛불의 특징을 살펴보면, 난롯불과는 아주 다른 몽상적인 요소를 발견할 수 있다. 난롯불은 연료를 넣고 꼬챙이로 뒤적거려야 강렬하게 타오른다. 그리고 가만히 내버려두면 이내 불꽃이 사그라지기 때문에 불을 계속 피우려면 연료를 공급해주어야 한다. 그러나 촛불은 처음부터 저 혼자서 타며, 그 자체로 연료가 되기 때문에 다 타서 없어질 때까지 고독하게 같은 불꽃으로 타오른다.

촛불 밑에서는 깊은 잠이 들기 어려우며, 밤의 몽상이 꼬리를 물고 일어나 과거의 모든 추억을 되살려준다. 그리하여 상상력과 기억력이 일치하는 세계로 우리를 이끌어간다. 촛불은 우리로 하여금 몽상하게 하는 것이다.

일반적인 불이 다른 것과 융합하려고 하는 데 반해 촛불은 결코 합치려고 하지 않는다. 혼자 타면서 혼자 꿈꾸는 것, 이것은 인간 본래의 모습 그 자체이다. 속으로 애태우면서 절망과 체념을 되씹는 남녀의 마음이나 짝사랑의 그리움은 혼자 조용히 타오르는 촛불의 이미지에 다름아닌 것이다.

이처럼 고고히 타는 촛불에 대한 동경을 가장 강렬하게 나타내는 것으로 나방의 굴광성(phototropisme)을 들 수 있다. 나방은 촛불에 매력을 느껴 자신도 모르게 조금씩 가까이 다가가 불꽃에 몸을 던져 황홀경 속에서 타죽는다. 여기서 나방은 사춘기에 들어선 소녀를 비유한 것이다. 피에르 장 주브(Pierre Jean Jouve)의 소설 《폴리나》에서, 여주인공 폴리나는 무도회에 처음 나가는 날 밤 한 마리 나비가 되어 유혹의 대상이 되기를 바란다. 그녀는 수녀처럼 순결을 지키려고 하면서 동시에 모든 남자들의 마음을 끌고 싶어한다. 이것은 사춘기 소녀들의 유혹당하고 싶은 마음과 순결하고자 하는 마음의 갈등을 촛불과 나방의 관계에 대비시켜 표현한 것이다.

촛불은 그 자체만을 놓고 관찰하면, 불꽃이 붉은빛과 흰빛으로 이루어졌음을 발견할 수 있다. 흰빛은 뿌리 쪽의 파란빛과 연결된 사회의 부패와 권력을 일소하려는 것으로 볼 수 있으며, 붉은빛은 심지와 연결된 모든 불순물과 더러움으로 볼 수 있다. 그리하여 이 둘의 투쟁이 하나의 변증법을 이루면서 타오른다. 즉 촛불은 흰빛의 상승과 붉은빛의 하강, 가치와 반(反)가치가 싸우는 결투장인 것이다.

이와 같이 바슐라르는 촛불을 둘러싸고 있는 몽상의 내밀한 고요를 지극히 아름다운 시적 센텐스(sentences poétiques)에 실어 하나하나 펼쳐나간다. 《불의 정신분석》이 주관적 인식의 방법을 통해 얻은 상상력의 원형을 파헤친 것이라면, 어떤 의미에서 그 연장선상의 끝에 놓였다고 볼 수 있는 《촛불의 미학》은 그가 궁극적으로 붙잡은 영혼의 진실을 순수한 승화의 차원에서 겸허하게 이야기한 것이라 할 수 있다. 다시 말하면, 《촛불의 미학》이라는 기술(記述/écriture)의 생성 속에는 존재 자체의 생성이 깃들여 있다는 것이다. 바슐라르가 촛불의 불꽃이 천정(zénith)을 향해 위로 상승하는 수직의 존재라고 말했을 때, 그도 깊은 몽상을 통해서 불꽃(surflamme)의 승화를 자신의 것으로 만들고자 한 것이라 볼 수 있다.

《촛불의 미학》은 단순한 몽상의 기록이 아니다. 이것을 우리는 적어도 삶의 상징적 메아리가 페이지마다에서 울려 나오는 내면의 유서(遺書), 놀라운 과학철학자 또는 상상력의 형이상학자로서 긴 경험의 끝에 도달한 관조적 세계의 언어로 받아들여야 할 것이다. 그렇게 함으로써 참다운 영혼의 울림(retentissement)을 느낄 수 있으리라 생각한다.

이 책에서 **1 2 3**……은 지은이 주, 1) 2) 3)……은 옮긴이 주임.

앙리 보스코에게

서론

1

이 단순한 몽상의 작은 책에서 우리는 어떤 지식의 무거운 짐을 질 것도 없고, 일관된 탐구의 방법에 얽매일 것도 없이, 일련의 짧은 장(章)들 속에 한 사람의 몽상가가 고독한 불꽃을 응시하는 가운데 몽상의 어떤 갱신을 받아들였는가 하는 것을 말하고자한다. 몽상을 불러일으키는 이 세상 모든 사물들 사이에서 불꽃은 가장 커다란 영상 요인(opérateurs d'images) 가운데 하나다.

불꽃은 우리에게 상상할 것을 강요한다. 불꽃 앞에서 꿈꿀 때, 상상한 것에 비한다면 인지한 것은 아무것도 아니다. 불꽃은 그 은유와 이미지의 가치를 매우 다양한 명상의 영역 안에 두고 있다. 어느 것이든 삶을 나타내는 동사의 주어로서 불꽃을 취해보라. 불꽃이 그 동사에 한층 생기를 더해준다는 것을 알 수 있으리라. 일반론으로 달려가는 철학자는 이 사실을 독단적인 편안함을 가지고 단언한다. "창조에 있어서 '삶'이라 불리는 것은 모든 형태, 모든 존재를 통하여 오직 하나의 동일한 정신, 즉 유일한 불꽃이다"[1]라고. 그러나 이와 같은 일반론은 너무 빨리 목적에 도달한다. 오히려 이미지의 다양성과 그 상세함에서 우리는 상상력의 요인으로서 불꽃의 기능을 느껴야 할 것이다. 따라서 "불꽃을 태우다(enflammer)"라는 동사는 심리학자의 용어에 들어가야 한다. 그것은 표현의 세계의 한 구획을 그대로 지배한다. 불꽃에 태워진 언어의 이미지는 심령[1]을 태우게 하고, 시학의 철학이 명확히 해야 할 흥분의 색조를 준다.

가장 차가운 "은유(métaphores)"도 몽상의 대상으로 취해진 불꽃을 통해 진정으로 "이미지"가 된다. 때때로 은유가 아주 잘 말하고자 하거나 다른 말을 하려는 욕구로부터 사고의 옮김에 지나지 않는 데 비해, 이미지, 참다운 이미지는 그것이 상상력 속의 원초적 삶일 때 상상한 상상의 세계(le monde imaginé, imaginaire)를 향하여 현실의 세계를 떠난다. 상상한 이미지를 통하여 우리는 시적 몽상이라는 저 몽상의 절대를 알게 된다. 이것과 상관적으로 지난번의 저작[2]에서 그것을 증명하고자 한 것처럼 ─ 하지

---

1 헤르더(Herder). 베갱(Béguin), 《낭만적 영혼과 꿈(L'Ame Romantique et Le Rêve)》, 제1권(Marseille, Cahiers du Sud), p. 113에서 인용.

1) 심령(psychisme)이라는 말은 바슐라르의 저작에 빈번히 나오는 용어의 하나로서 인간의 정신 현상 일반을 가리킨다. 다시 말해 정신 현상, 정신 기능, 심리 현상 등의 총칭이라 할 수 있는 개념이다. 따라서 정신(esprit), 영혼(âme), 마음(cœur) 등의 말이 뜻하는 것과는 다른 용어이다. 개인의 인격을 형성하는 요소로서 융의 "심리 현상(psyché)"이라는 개념과 흡사하다.

2) 이 책보다 1년 먼저 출판된 《몽상의 시학》을 가리킨다.

만 한 권의 책이 저자의 신념을 모두 다 말한 적이 일찍이 있었던가? ―우리는 몽상의 산출자로서 꿈꾸는 존재를 알고 있다. 꿈꾸는 것이 행복한 것이고, 몽상 속에서 활기를 띠는 것 같은 꿈을 꾸는 존재는 하나의 진리를, 인간 존재의 미래를 붙잡는다.

모든 이미지 중에서 불꽃의 이미지―소박하고도 더없이 면밀하며, 슬기롭고도 광적인―는 시(詩)의 표징(signe)을 지니고 있다. 불꽃의 몽상가는 모두 잠재적인 시인이다. 그리고 불꽃 앞에서의 몽상은 모두 감탄하며 바라보는 몽상이다. 불꽃의 몽상가는 모두 원초적 몽상의 상태에 있다. 이러한 원초적 감탄은 우리의 먼 과거에 뿌리박혀 있다. 우리는 불꽃에 대해 자연적으로 감탄하며, 감히 말하자면 우리는 감탄을 가지고 태어났다. 불꽃은 보는 기쁨을 강조하는 원인이 되고, 항상 보았던 것의 피안을 명백히 한다. 그것은 우리에게 바라보도록 강요한다.

불꽃은 우리에게 처음인 것처럼 보도록 촉구한다. 우리는 그것에 대해 무수한 추억을 가지고 하나의 극히 낡은 기억을 가진 자로서 꿈꾸는 것이지만, 우리는 모든 사람이 그렇듯이 그것을 꿈꾸고 모든 사람이 추억할 수 있도록 추억한다. 그때 불꽃 앞에서 몽상의 "가장 항구적인 법칙(lois les plus constantes)"의 하나에 따라, 몽상가는 단지 그 자신의 것만이 아닌 하나의 과거, 세계의 원초적인 불의 과거 속에서 살아가는 것이다.

2

그리하여 불꽃의 응시는 원초적 몽상을 영속시킨다. 그것은 우리를 세계로부터 떼어놓고 몽상가의 세계를 확대시킨다. 불꽃은 그것만으로도 하나의 큰 현존(現存)이지만, 불꽃 앞에서 사람은 멀리, 너무나 멀리 꿈꾸려고 한다. "사람은 몽상 속에서 자신을 잃는다." 불꽃은 자기의 존재를 유지하려고 싸우면서 세세하고 연약한 것으로 그곳에 있고, 몽상가는 자신의 존재를 잃어버린 채 다른 쪽으로 꿈꾸기 위해 떠나간다. 크게, 너무나 크게 꿈꾸면서, 세계에 대하여 꿈꾸면서.

불꽃은 인간에게 하나의 세계다. 그러므로 불꽃의 몽상가가 불꽃을 향해 말한다면 그는 자신에 대해 말하는 것이고, 그는 시인인 것이다. 세계를, 세계의 운명을 확대시키고, 불꽃의 운명에 대하여 명상함으로써 몽상가는 언어를 확대시킨다. 그는 세계의 미(美)를 표현하기 때문이다. 이러한 범미적(汎美的) 표현을 통해 심령 자체가 확대되고 상승하는 것이다. 불꽃에 대한 명상이 몽상가의 심령에 수직성의 양식을, 그리고 수직화의 양분을 준 것이다. 모든 "지상의 양식"에 대립해나가는 공기의 양식, 시적 결정에 생명의 의의를 부여하는 데 이 이상의 적극적인 원리는 없다. 이에 대해서는 모든 불꽃이 전하고 있는 것, 즉 존재에 대해 확실한 빛을 줄 수 있도록 높이, 항상 높이 탈 것을 권고하기 위해 다른 특별한 장(章)에서 다시 언급하게 될 것이다.

이 "심령의 높이"에 도달하기 위해서는 그곳에 시적 물질을 불어넣음으로써 모든 인상을 부풀릴 필요가 있다. 촛불의 표징 밑에서 우리가 모은 몽상에 통일을 주고자 한다면 시적 기여로 써 충분하리라고 나는 생각한다. 이 글에는 "불꽃의 시"라는 부제를 붙일 수도 있었을 것이다. 사실 나는 여기에서 몽상의 하나의 선을 따라가는 데 그치려 하며, 다시 "불의 시학"이란 표제로 늘 출판하고자 했던 보다 일반적인 책에서 이러한 논고를 덧붙이고 싶다.

3

이제 우리의 조사를 한정하고, 오직 하나의 예에 대한 실마리를 잡아 그곳에서 구체적인 미학(ésthétique concrète), 철학자들의 논쟁 따위에 흔들리지 않는 하나의 미학, 일반론적인 안이한 관념을 통해서는 결코 합리화되지 않는 하나의 미학에 도달하려고 한다. 불꽃, 불꽃만이 존재를 그 모든 것의 이미지로서, 그 모든 것의 환상으로서 구체화할 수 있다.

문학적 이미지가 공개할 대상—하나의 불꽃—은 극히 단순해서 우리는 여러 가지 상상력의 일치를 명백히 할 수 있을 것이라 기대한다. 불꽃의 문학적 이미지로 초현실주의가 현실에 근원을 두고 있다는 어떤 보장을 얻는 것이다. 불꽃의 가장 환상적인 이미지가 한 점으로 집중하게 되고, 비범한 특권을 통하여 참다운 이미지가 되는 것이다.

언어를 통하여 현실을 발견하고 말로 묘사한다는 문학적 상상력에 대한 탐구의 역설은 여기에서 뛰어넘을 수 있는 어떤 가능성을 지닌다. 말로 표현된 이미지(les images parlées)란 우리의 상상력이 불꽃의 가장 단순한 것에서 받는 이상한 흥분을 표현하는 것이다.

4

또 하나의 다른 역설에 대해서 설명해야겠다. 우리는 문학적 이미지에 모든 현실성을 부여하면서, 더욱이 시란 것이 오늘의 생활에서 산 힘이라는 것을 증명하려는 보다 큰 야심도 가지고 있다. 하지만 이와 같은 의도를 갖는 우리로서는 이 정도의 몽상을 촛불의 표징 밑에 놓는 것만으로도 하나의 쓸모없는 역설이 아니겠는가? 세계는 급속히 진보하고, 시대의 흐름은 점점 빨라지고 있다. 이제 희미한 빛이나 타다 남은 촛불의 시대는 지났다. 쓰이지 않게 된 사물에 집착한다는 것은 시대에 뒤떨어진 꿈일 뿐이다.

이상과 같은 이의(異議)에 답하는 것은 쉬운 일이다. 즉 꿈이나 몽상은 우리의 행위처럼 급속히 현대화되는 것이 아니다. 우리의 몽상은 강력하게 뿌리박혀 있는 정신적 습성(habitudes psychiques)이다. 현실의 활동이 그것을 교란시키는 경우는 거의 없다. 심리학자에게 아주 낡고 친밀한 것의 모든 길을 다시 발견한다는 것은 좋은 일이다.

작은 빛에 대한 몽상은 우리를 친밀함의 오두막으로 이끌 것이다. 우리는 가물거리는 빛뿐인 컴컴한 구석에 있는 것처럼 생각한다. 느끼기 쉬운 마음은 깨어지기 쉬운 가치를 좋아한다. 그것은 싸우는 가치와 일체가 되고, 따라서 어둠에 맞서는 약한 빛과 일체가 된다. 이리하여 작은 빛에 대한 우리의 모든 몽상은 오늘의 삶에서 심리적인 현실성을 갖는다. 그것은 하나의 의미뿐 아니라 하나의 기능을 갖고 있다고 해도 좋다. 사실 그것은 무의식의 심리학에 대하여, 또 꿈꾸는 존재란 무엇인가에 대하여 조용하고 자연스럽게 수수께끼 같은 느낌을 불러일으키지도 않고 묻기 위한, 이미지 장치의 한 식을 제공할 수 있다. 작은 빛에 대해 몽상할 때 몽상가는 자기 집처럼 느끼게 되고, 몽상가의 무의식은 그에게 자기 집 같은 것이 된다. 몽상가—우리 존재의 이중성, 생각하는 존재의 명암(clair-obscur)—는 작은 빛을 향한 몽상 속에서 존재의 평안을 얻는다.

작은 빛의 몽상에 자신을 맡기는 자는 다음과 같은 심리학적 진실을 발견할 것이다. 즉 조용한 무의식, 몽상과 균형이 잡힌 무의식은 두말할 것 없이 심령의 명암 혹은 더 정확히 명암의 심령이라는 것을, 작은 빛의 여러 가지 이미지는 우리에게 이 내밀한 비전의 명암을 사랑하도록 가르친다. 사고의 명석함에서 떠나 꿈꾸는 존재로서 자기를 알고 싶어하는 몽상가, 이와 같은 몽상가는 자신의 몽상을 좋아하자마자 바로 이 심령적인 명암의 미학을 꾸미고 싶어한다.

램프의 몽상가는 작은 빛의 이미지가 내면의 등불이라는 것을 본능적으로 이해할 것이다. 어스름한 빛은 사고가 작동하고 의식이 아주 뚜렷할 때는 보이지 않는다. 그러나 사고가 멎으면 이미지가 밤을 지샌다.

의식의 명암에 대한 의식은 존재가 거기에서 눈뜨기를 기다리는—존재로서의 눈물—그러한 양상, 지속하는 양상을 갖고 있다. 장 발[3]은 이것을 알고 있었다. 그는 단지 한 줄의 시구로써 그것을 말하고 있다.

오오 작은 빛이여, 오오 샘이여, 부드러운 새벽이여.[2]

____

3) 장 발(1888~1974) : 프랑스 마르세유 태생의 철학자로서 시의 형이상학적 기반에 관한 《시·사고·지각》(1948)을 비롯하여 《키에르케고르 연구》(1937), 《실존주의 소사(小史)》(1950), 《헤겔 철학에서 의식의 불행》(1951), 《인간 실존과 초월》(1951), 《실존 철학》(1954) 등 많은 책을 썼다.

2 Jean Wahl, 《상황의 시(Poémes de Circonstance)》(Éd. Confluences), p. 33.

5

그러므로 나는 화가들의 명암법이 지닌 미학적 가치를 심령의 미학적 가치의 영역으로 옮길 것을 제안한다. 만약 성공한다면, 우리는 무의식이란 개념에서 업신여기고 경멸하는 것을 일부분 제거할 수 있을 것이다. 때때로 무의식의 그늘은 몽상이 수많은 행운을 지니는 빛의 세계를 부각시킬 것이다.

조르주 상드는 회화의 세계에서 심리학의 세계로의 이러한 이행을 예감하고 있었다. 《콩쉬엘로》[4]의 텍스트에 덧붙인 글에서 그녀는 명암법을 언급하면서 이렇게 쓰고 있다.

"나는 때때로 이 아름다움이 무엇으로 이루어지는가, 그리고 만일 내가 그 비밀을 타인의 영혼에 이입시키려면 그것을 어떻게 묘사할 수 있는가를 생각했다. 무엇이라고! 색깔도, 형태도, 순서도, 빛도 없이, 외부의 대상이 눈과 정신에 말을 거는 모습을 할 수 있단 말인가? 그렇게 말할 수 있을는지도 모른다. 화가만이 내게 대답할 수 있으리라. 그렇다, 나는 그것을 이해할 수 있다고 말이다.

화가는 저 렘브란트의 〈명상하는 철학자〉를 생각할 것이다. 그림자 속에 따로 떨어져 있는 저 커다란 방, 끝없이 어떻게 돌

---

4) 《콩쉬엘로(Consuelo)》: 조르주 상드가 1842년에 쓴 작품이다. 작자 생존시에는 비독창적이라는 이유로 비난을 받아오다가 금세기 들어 새로운 조명 아래 재평가된 소설이다.

아가는 것인지도 모르는 저 계단, 그림의 저 어스름한 빛, 어렴풋한 동시에 뚜렷한 모든 광경, 결국 밝은 갈색과 어두운 갈색으로만 그려진 주제 위에 퍼져 있는 강한 색채, 저 명암법의 마술, 하나의 의자라든가, 물통이라든가 혹은 구리그릇 등 아주 하찮은 것들 위에 안배된 빛의 희롱. 그러나 볼 가치도 없고, 더욱이 그릴 만한 가치조차 없는 것들이 눈을 돌릴 수 없을 정도로 흥미롭고 그것들 나름대로 아름다운 것이 되어, 존재하고 또 존재할 만한 가치 있는 것이 되고 있다."[3]

조르주 상드는 이것을 꿰뚫고 문제를 제기한다. 이 명암을 어떻게 그리느냐가 아니라—그것은 위대한 예술가의 특권이다—어떻게 쓰느냐, 라고. 우리는 더 멀리까지 가고 싶다. 즉 이 명암을 어떻게 하여 심령 속에, 진한 갈색의 심령과 보다 밝은 갈색의 심령이 만나는 곳에 새겨둘 수 있는가, 라고.

사실 이것이 "몽상"에 대해 책을 써온 20년 이래 나를 괴롭힌 문제다. 그런데 조르주 상드가 그녀의 짧은 글에서 말하고 있는 것 이상으로 나는 그것을 잘 표현할 수가 없다. 요컨대 이 심령의 명암은 몽상이다. 이 몽상은 자신의 중심에 충실하고 그 중심에서 비치며, 스스로의 알맹이에 갇히지 않고 언제나 조금씩 비어져 나오는 자신의 반영(半影)에 그 빛을 스며들게 하는 조용하면서도 마음을 진정시켜주는 몽상이다. 사람은 자기 속을 명석하

<hr>

3   미셸 레비, 《콩쉬엘로》, 제3권(1861), pp. 264~265.

게 들여다보지만 그래도 꿈을 꾼다. 사람은 자기의 모든 빛을 위태롭게 하지 않는다. 그리고 극적 악몽이란 밤의 잠든 숲을 드나드는 도둑들과 심령의 약탈자들이 우리의 손과 발을 묶어 끌어내고, 밤으로 떨어져가는 저 망상의 장난이나 희생만은 아니다. 몽상의 시적 모습은 깨어 있는 상태의 의식을 유지하는 금빛 심령에 우리를 접근시킨다. 촛불 앞에서의 몽상은 한 폭의 그림 같은 모습을 이룬다. 불꽃은 우리를 깨어 있게 하는 저 몽상의 의식 속에 붙들어놓는다. 사람은 불 앞에서는 잠을 자지만 촛불의 불꽃 앞에서는 잠을 자지 않는다.

6

최근의 저작에서 우리는 몽상과 밤의 꿈 사이에 있는 근본적인 차이를 밝히려고 했다. 밤의 꿈에서는 환상적인 조명이 지배한다. 모든 것이 허위의 빛 속에 있다. 때때로 사람은 여기에서 너무나 뚜렷하게 본다. 신비한 것조차 윤곽을 지니고 강한 선으로 묘사된다. 풍경이 너무 뚜렷하여 밤의 꿈은 쉽사리 문학을 만들어내지만 결코 시를 만들어내지는 못한다. 모든 환상의 문학은 꿈속에 작가의 아니무스[5]가 작용하는 여러 가지 도식으로 나타난다.

---

5) 아니마와 아니무스의 구별은 바슐라르에게 매우 중요한 심리학적 용어 이상의 의미를 갖는다. "아니무스"는 라틴어로 "정신"을 뜻하며 남성적 요소를

정신분석학자는 아니무스로 꿈의 이미지를 연구한다. 그에게 이미지란 이중의 것으로, 항상 그 자신과는 별도의 뜻을 갖고 있다. 그것은 심령의 캐리커처이다. 이 캐리커처 밑에서 참다운 존재를 찾으려고 노력해야 한다. 노력할 것, 생각할 것, 언제나 생각할 것, 이미지를 그것 자체로 즐기기 위해서 정신분석학자는 모든 지식의 영역 밖에서 시적 교육을 받아야 할 것이다. 따라서 아니무스에서 꿈이 적으면 적을수록 아니마에서 몽상은 많아진다. 즉 주관적 심리학에서 지성이 적으면 적을수록 내밀성(l'intimité)의 심리학에서 감수성이 증대하는 것이다.

우리가 이 작은 책에서 채용하려는 관점에서 본다면, 내밀성의 몽상은 드라마를 피한다. 악몽의 경험에서 이끌어낸 개념에 의해 편성된 환상적인 것은 우리의 주의를 끌지 않는다. 적어도 우리가 너무 특이한 불꽃의 이미지를 만나 그것을 우리 것으로 만들 수 없거나, 우리의 개인적 몽상의 명암 속에 그것을 놓지 못하도록 하는 불꽃의 이미지를 만날 때 우리는 긴 주석을 달지 않을 것이다. 촛불에 대해서 쓰는 것으로 우리는 영혼의 평온을 얻으려고 한다. 지옥을 상상하려면, 시도할 수 있는 복수로써 해야 할 것이다. 악몽의 존재에는 가까이서든 멀리서든 기름을 붓

가리킨다. 그리고 "아니마"는 "영혼"을 뜻하며 여성적 요소를 가리킨다. 바슐라르는 《몽상의 시학》에서 이것을 자세하게 분석하는데, 몽상은 아니마에 속하며 밤의 꿈은 아니무스에 속하는 것으로 보고, 특히 아니마의 의미를 강조한다.

고 싶지 않은 지옥의 불꽃에 대한 콤플렉스가 있는 것이다.

요약하자면, 몽상하는 자의 존재를 작은 빛 이미지의 도움을 받아, 아주 옛날부터 인간적이었던 이미지의 도움을 받아 연구하는 것은 심리학적 탐구에 대해 동질성을 보장해준다. 밤을 지새는 약한 불꽃과 꿈꾸는 영혼 사이에는 하나의 친족 관계가 형성된다. 어느 쪽에서든 시간은 느리다. 꿈꾸는 쪽이든 여린 불빛이든 같은 인내가 작용한다. 그때 시간은 심화되고, 그리하여 이미지와 추억이 합쳐진다. 불꽃의 몽상가는 그가 현재 보고 있는 것과 과거에 보아왔던 것을 결합한다. 그는 상상력과 기억의 융합을 알고 있다. 그때 그는 몽상의 모든 모험을 향하여 스스로를 개방한다. 그는 위대한 몽상가들의 도움을 받아들이고 시인들의 세계로 들어간다. 그때부터 근본에서 단일한 저 불꽃의 몽상이 다양성을 띠게 된다.

이 다양성에 약간의 질서를 부여하기 위해서 단순한 모노그래피에 불과한 이 책의 매우 다양한 장들에 대해 간략하게 주석을 달아두기로 한다.

7

제1장은 역시 서장이다. 불꽃에 관하여 지식(savoir)의 책을 쓴다는 유혹을 내가 어떻게 견뎌냈는지를 말해야만 한다. 이러한

종류의 책이 그렇듯 길어질 것이었고, 또 쉽게 씌어질 것이었다. 빛에 대한 이론의 역사를 쓰는 것만으로 충분했을 것이다. 이 문제는 세기에서 세기로 반복되어왔다. 그러나 불의 물리학에 힘을 기울인 정신들이 아무리 위대했기로 그들은 자신들의 일에 과학의 객관성을 부여할 수가 없었다. 연소의 역사는 라부아지에[6]에 이르기까지 모두 과학의 역사에 그치고 있다. 이와 같은 학설의 검증은 객관적 인식의 정신분석에 속하는 것이다. 이 정신분석은 관념의 조직화를 결정하기 위해 이미지를 소멸시켜야만 했다.[4]

제2장은 고독에 대한 연구와 고독한 존재의 존재론에 대한 시론이다. 고립된 불꽃은 불꽃과 몽상가를 일치시키는 어떤 고독, 그 고독의 증거다. 이 불꽃으로 인해 몽상가의 고독은 더 이상 공허한 고독이 아니다. 고독은 작은 빛의 은혜로 구체적인 것이 된다. 불꽃은 몽상가의 고독을 비추고, 또 사색하는 이마를 빛나게 한다. 촛불은 흰 페이지의 별이다. 이 고독을 해설하기 위해 우리는 시인들로부터 약간의 텍스트를 차용할 것이다. 이 텍스트는 독자들도 환영할 것으로 믿어 가급적 쉽게 다루었다. 우리는 이렇게 하여 이미지에 대한 어떤 확신을 표명한다. 촛불의 불꽃은 많은 몽상가에게 고독한 이미지를 나타낸다고 우리는 믿는다.

---

6) Antoine Laurent Lavoisier(1743~1794) : 프랑스의 유명한 화학자로 근대 화학의 아버지라 불리고 있다. 특히 《화학원론》에서 질량불변의 법칙을 언명했고 원소의 개념을 정의했다.

4 《과학적 정신의 형성 : 객관적 인식의 정신분석에의 기여》(Vrin).

위과학적(僞科學的) 탐구 쪽으로 빗나가는 것을 일절 피하려고 신중을 기했으나, 우리는 단편적인 사고 또는 아무것도 증명하지 않을 사고라 할지라도 간명하고 직절한 단언으로 몽상에 비길 데 없는 자극을 주는 것에 자주 끌렸다. 그때 꿈꾸는 것은 과학이 아니라 철학이다. 우리는 노발리스 같은 사람의 작품을 읽고 또 읽었다. 우리는 거기에서 불꽃의 수직성을 고찰하기 위한 커다란 교훈을 받아들였다.

상상력에 대한 초기의 저작[5]에서 깨어 있는 꿈의 기술을 연구했을 때, 우리는 새벽의 우주, 하늘 꼭대기에 빛을 지닌 우주에서 우리가 받은 비상하는 꿈에의 종용에 대해 주의를 환기시킨 바 있다. 그때 우리는 로베르 드수아유[7]가 창시한 깨어 있는 꿈의 정신분석학적 기술에 대해 설명했다. 과오를 울적하게 생각하고 삶의 권태 속에 잠드는 존재를 행복한 이미지의 암시로 가볍게 처리하는 것이 문제였다. 이미지의 생성을 통하여 인도하는 것은 환자에 있어서는 생성을 인도하는 것이었다. 이것은 상상의 상승, 각각이 상승의 효력을 가지며 충분히 정리된 이미지로 조명해야 할 상승을 권하고 있다. 인도하는 것은 상승하는 심령을 더욱더 위로 올리기 위해 적당한 때에 이미지를 주면서 몽상가의

---

5 《공기와 꿈(L'Air et Les Songes)》(Corti).

7) Robert Desoille(1890~1966) : 스위스의 정신병리학자로 《깨어 있을 때 꿈의 방법에 의한 잠재 감정의 검진 : 승화와 심리적 습득》이라는 긴 제목의 저서를 남겼다. 바슐라르는 드수아유에게 대단한 관심을 가진 듯, 《몽상의 시학》에서 임상심리학의 방법과 시적 상상력의 관계를 논하고 있다.

몽환 상태를 키우는 것이었다. 이 상승하는 심령은 언제나 높이 오를 때만 은혜를 받는 것이 아니다. 환자가 은유적 삶 속에서 존재의 밑바닥을 확실히 떼어놓게 하려면 높이에 대한 이와 같은 정신분석의 이미지는 조직적으로 지나칠 정도까지 높아야 한다.

그러나 고독한 불꽃은 그것만으로도 명상하는 몽상가로서, 상승의 인도자로서 존재할 수 있다. 그것은 수직성의 한 전형이다.

노발리스 같은 사람이 곧추선 불꽃의 명상 속에서 살았던 빛을 통해, 많은 시의 텍스트가 그 빛 속의 수직성을 개발하도록 우리를 도와줄 것이다.

철학자의 몽상을 검토한 뒤, 4장에서는 우리에게 친근한 문제, 즉 문학적 상상력의 문제로 되돌아간다. 문학면에서 그것이 암시하는 모든 은유를 좇아가면서 불꽃을 연구하기에는 한 권의 책으로도 충분하지 않을 것이다. 불꽃의 이미지는 조금이라도 빛나는 혹은 빛나기를 바라는 모든 이미지와 결부되는 것이 아닌가 생각해볼 수 있다. 그때 증식되는 것을 받아들이는 모든 이미지를 정리하고 거기에 상상적인 불꽃을 넣어 한 권의 문학 개론서를 쓸 수 있을 것이다. 아무튼 상상력이란 하나의 불꽃, 심령의 불꽃이라는 것을 보여주는 책, 그러한 책을 쓰는 것도 즐거울 것이다. 사람은 거기에 생애를 바치게 되는지도 모른다.

나무나 꽃에 대해 말하면서, 우리는 불꽃의 이미지를 통해 시인들이 어떻게 충만한 삶 속에서, 시적인 삶 속에서 그것들을 살려가는가를 말할 수 있었다.

촛불에서 램프에 이르기까지 불꽃에는 지혜의 정복 같은 것이 있다. 램프의 불꽃은 인간의 교묘함 덕분에 이제는 규칙 바른 것이 되었다. 그것은 빛의 공급자로서 단순하고 위대한 직능에 전신을 바치고 있다.

우리는 인간화된 불꽃을 고찰함으로써 이 책을 끝내고자 한다. 정말 불꽃의 우주론에서 빛의 우주론으로 이행하려면 따로 한 권의 책을 써야 할 것이다. 이처럼 큰 주제를 다룰 수 없어서 이 글에서는 작은 빛에 대한 여러 몽상의 동질성 속에 머물고자 한다. 낡은 시대의 거처, 우리가 꿈꾸거나 추억하기 위해 언제나 되돌아가는 거처에 없어서는 안 될 램프와 촛대, 이 두 개가 서로 일체가 된 친밀성(familiarité) 속에서 꿈꾸기를 바란다.

나는 기억에 의한 몽상을 알고 있는 한 거장의 작품 속에서 몽상의 큰 구원을 발견했다. 앙리 보스코[8]의 많은 소설에서는 램프가 모든 언어의 의미에서 한 사람의 작중 인물이 되고 있다. 램프는 집에 대한 심리, 가정에 있는 여러 존재들에 대한 심리와 관계가 있는 심리적 역할을 하고 있다. 커다란 부재(不在)가 거처

---

8) Henri Bosco(1888~1976) : 프랑스 아비뇽 출신으로 바슐라르가 가장 좋아한 작가 중 한 사람이다. 남프랑스 지방의 풍토에 밀착한 정경을 묘사함으로써 구체적 현실과 영혼의 불안이라는 이중성을 탁월한 환기력(喚起力)으로 떠올리는 것이 작품의 특징이다. 주요 작품으로 《짧은 바지 안느》(1937), 《히아신스》(1941), 《히아신스의 뜰》(1946), 《말리크루아》(1948), 《골동품집》(1954) 등이 있다. 1953년에 문학대상을 수상했고, 바슐라르는 이 작가에게 《촛불의 미학》을 바쳤다.

에 공허를 만들 때, 보스코 자신의 어떤 과거로부터 왔는가 나로서는 알 수 없는 보스코의 램프는 하나의 현존을 유지하고, 나름대로 참을성 있게 실종자를 기다린다. 보스코의 램프는 가정생활의 모든 추억, 유년 시절의 모든 추억을 생활 속에 되살린다. 작가는 자기 자신을 위해 쓰고, 또 우리를 위해 쓴다. 램프는 그의 방과 모든 방을 지키는 정령(esprit)이다. 그것은 하나의 거처, 또 모든 거처의 중심이다. 집 없는 램프를 생각할 수 없는 것 이상으로 램프 없는 집을 생각할 수 없다.

그리하여 램프의 가정적 존재에 대한 명상은 우리에게 내밀성의 공간의 시학에 대한 몽상과 재회하는 것을 허용한다. 우리는 《공간의 시학(La Poétique de L'espace)》이라는 책에서 전개한 모든 테마를 재발견한다. 램프와 더불어 우리는 옛날의 거처, 잃어버리기는 했으나 우리의 몽상 속에서 아직도 충실하게 살아 있는 거처 속의 저녁 몽상의 집으로 되돌아간다.

램프가 지배했던 곳에 추억이 지배하고 있다.

마지막으로 타인의 몽상을 주석한 이 작은 책에 약간의 개인적인 흔적을 남겨놓기 위해 나는 일의 여러 가지 고독, 안이한 몽상 속에서 휴식하기는커녕 사색을 통해 정신을 확대시킨다 믿고 내가 집요하게 일하며 지새웠던 밤들을 환기시키는 에필로그를 몇 줄 덧붙였다.

1

촛불의 과거

1

옛날에, 꿈에서도 잊어버린 아주 옛날에, 촛불의 불꽃은 현자 (賢者)들을 사색하게 했다. 그것은 고독한 철학자들에게 많은 꿈을 주었다. 철학자의 책상 위, 자기의 형태 속에 사로잡힌 물건들, 천천히 가르쳐주는 책들 옆에서 촛불의 불꽃은 끝없는 사유를 불러일으켰고 한없는 이미지를 발생시켰다. 그때 세계의 몽상가에게 불꽃은 세계의 현상이었다. 사람들은 두꺼운 책 속에서 세계의 조직을 연구했는데 무언가 단순한 하나의 불꽃이 — 오오, 우스운 지식이여 — 그 자신의 수수께끼를 직접 던지는 것이었다.

하나의 불꽃 속에 세계가 살아 있는 것이 아닌가? 불꽃은 하나의 생명을 갖는 것이 아닌가? 그것은 어떤 내적 존재의 눈에 보이는 표징이며 숨어 있는 힘의 표징이 아닌가? 그것은 원소적 형이상학에 역동성을 주는 내적 모습을 모두 지니고 있는 것이 아닌가? 단순한 하나의 현상 속에 사실의 변증법, 존재의 변증법이 있다고 하는데 왜 관념의 변증법을 구하려 하는가? 불꽃은 질량이 없지만 강한 존재다.

만일 우리가 생명과 불꽃을 결부시키는 여러 가지 이미지의 이중화 속에 생명의 불의 "물리학"과 동시에 불꽃의 "심리학"을 쓰고자 한다면 우리는 어떠한 은유의 영역을 조사해야 좋겠는가! 은유란 무엇인가? 불꽃이 현자들을 사색하게 했던 먼 지식의 시대에 은유란 곧 사유였다.

2

그러나 낡은 책 속의 지식은 죽었어도 몽상의 흥미는 남아 있다. 이 작은 책에서 우리는 취급한 모든 자료를, 그것이 철학자의 것이든 시인의 것이든 원초적 몽상(rêverie première)으로 바꾸어보려고 노력한다. 우리가 자기의 몽상이나 타인의 몽상을 전하는 가운데 단순함의 근원을 재발견할 때, 모든 것은 우리에게 속하고 우리를 위한 것이다. 불꽃 앞에서 우리는 세계와 정신적으로 교류한다. 이미 아주 단순한 밤을 뜬눈으로 지새우는 시간, 촛불의 불꽃은 조용하고 미묘한 생의 한 전형이다. 아마도 사색하는 철학자의 명상 속에 이질적인 생각이 교차할 때처럼 약간의 바람으로도 그것을 흔들어놓을 수 있는 것이다. 그러나 참으로 커다란 고독이 군림하고 정말로 정적(靜的)인 때가 닥쳐오면, 몽상가의 마음에도 불꽃의 핵심에도 같은 평화가 존재한다. 그때 불꽃은 자신의 형태를 지키며 확고한 사상처럼 수직성의 운명을 향해 똑바로 내닫는다.

이리하여 사람이 생각하면서 꿈꾸고, 꿈꾸면서 생각했던 시대에 촛불의 불꽃은 영혼의 정밀성을 재는 예민한 압력계, 섬세한 조용함, 생(生)의 세부에 이르는 조용함—편안한 몽상의 흐름을 좇아가는 지속성에 부드러운 연속성을 주는—의 척도가 될 수 있었다.

당신들도 조용하기를 바라는가? 그렇다면 침착하게 빛을 밝히고 있는 경쾌한 불꽃 앞에서 가만히 숨쉬어보라.

3

아주 낡은 하나의 지식에서 사람은 살아 있는 몽상을 만들어 낼 수 있다. 그렇지만 우리는 낡은 책의 주문(呪文) 속에서 자료를 찾고자 하지는 않는다. 오히려 반대로 이미지를 우리의 몽상 속에 넣기 위해 모든 이미지, 즉 우리가 그 꿈의 두께를 놓칠 수 없는 모든 이미지에 안개 같은 불명확함을 되돌려보내고자 한다. 사람은 오직 몽상으로써만 독자적인 이미지를 전달할 수 있다. 무식한 자의 몽상을 분석해야 할 때 지성은 아무 소용이 없다. 이 작은 시론(試論)에서는 몇 페이지 범위 안에서 친밀한 이미지가, 세계의 비밀을 말할 수 없는 곳까지 높이 올라간 텍스트를 끄집어낼 것이다. 세계에 관한 몽상가가 어떻게 쉽사리 촛불의 빛에서 하늘의 거대한 별들로 이행할 수 있겠는가? 독서하는 과정에서 이와 같은 확장에 사로잡힐 때 우리는 열광할 수 있다. 그러나 우리는 열광을 더는 체계화할 수 없다. 이 책의 전편을 통하여 우리는 몇몇 이미지의 분출을 억제할 뿐이다.

특수한 이미지가 우주적 가치를 지닐 때 그것은 어지러운 사유의 역할을 담당한다. 이와 같은 사유로서의 이미지, 이미지로서의 사상은 문맥을 필요로 하지 않는다. 한 사람이 본 불꽃은 말을 촉구하는 유령 비슷한 실재다. 나중에 우리는 빛나는 글로 표현된 이와 같은 이미지로서 사유의 예를 몇 가지 제시할 것이다. 때때로 이와 같은 "이미지-생각-문장(images-pensées-phrases)"이 조용한 산문을 갑자기 화려하게 하는 수가 있다.

주베르[1], 저 이성적인 주베르가 쓰고 있다. "불꽃은 젖어 있

---

1) Joseph Joubert(1754~1824) : 프랑스의 모랄리스트로 각계각층의 인물들과 교류하면서 느낀 감상과 사색을 기록한 《수상록》을 남겼다. 그의 사후 14년이 지난 1838년에 친구 샤토브리앙이 출판한 《수상록》은 종교·철학·문학·교

는 불이다"[1]라고. 우리는 이후에 이러한 테마의 변주(變奏), 불꽃과 시냇물의 결합을 보여줄 것이다. 이 서장에서는 잠들어 있는 지식에 도전하는 일에 모든 명예를 건 이러한 몽상의 독단성(dogmatisme)을 강조하기 위해서 그것을 보여줄 뿐이다. 자연을 뒤흔들고 친밀한 여러 현상에 대한 판단의 진부함으로부터 몽상가를 해방시키기 위해 몽상에는 단 하나의 모순만 있어도 충분하다.

주베르의 책 《팡세》의 독자들 역시 상상하기를 즐긴다. 그는 이 젖어 있는 불꽃, 타는 액체가 위쪽을 향해서, 하늘을 향해서 수직의 시냇물처럼 흘러가는 것을 볼 것이다.

아울러 본래 문학적 상상력의 철학에 속하는 미묘한 차이에 대해 언급해두고자 한다. 주베르의 그것와 같이 "이미지-생각-문장"은 표현의 재주 부리기이다. 여기서는 말이 사유를 능가하고 있다. 그리하여 쓰는 몽상 그 자체는 말하는 몽상을 넘어선다. 사람들은 "젖어 있는 불"에 대한 몽상을 감히 말하고자 하지는 않으나 그것을 쓰고 있다. 불꽃은 작가에게 하나의 유혹이다. 주베르는 이 유혹을 거부하지 않았다. 이성이 있는 자들 역시 잉크 스탠드의 악마적인 말을 듣는 자를 용서해야 할 것이다.

육 등 여러 분야에 걸친 잠언풍의 에세이다.

1 주베르, 《팡세(Pensées)》, 제8판(1862), p. 163. 초기의 용접 램프는 때때로 "불의 샘(fontaines de feu)"이라 불렸다. 에두아르 푸코, 《명장들(Les Artisans Illustres)》(Paris, 1841), p. 263 참조.

주베르의 표현이 만일 하나의 사유라면 그것은 너무나 뻔한 역설에 지나지 않을 것이고, 만일 그것이 하나의 이미지라면 덧없이 스쳐 지나가버리는 것이 될 것이다. 그러나 이 위대한 모랄리스트의 책 속에서 얻는 것이 있으므로 이 표현은 우리에게 "진지한 몽상"의 벌판을 열어준다. 환상과 진실이 교차하는 그 상태는 단순한 독자인 우리에게 마치 이와 같은 몽상 속에서 우리의 정신이 명석하게 움직이는 것처럼 진실하게 꿈꿀 권리를 준다. 주베르가 우리를 이끄는 이 진지한 몽상 속에는 세계의 현상 하나가 표현되어 있으며, 따라서 지배된다. 그것은 현실의 피안에서 표현된다. 그것은 자신의 현실을 인간적 현실로 바꾸고 있는 것이다.

사색하는 철학자의 독방의 이미지에서 우리 자신으로 되돌아갈 때, 우리는 같은 책상 위에 촛불과 모래시계가 있는 것을 본다. 둘 다 인간적인 시간을 말하고 있으나 얼마나 다른 스타일인가! 불꽃은 위쪽을 향해서 흐르는 모래시계다. 부서져 내리는 모래보다 가벼운 불꽃은 마치 시간 자체가 항상 무엇인가 해야 할 일이 있는 것처럼 그 형태를 쌓고 있다.

불꽃과 모래시계는 편안한 몽상 속에서 가벼운 시간과 무거운 시간의 일치를 나타낸다. 나의 몽상 속에서 그것들은 아니마의 시간과 아니무스의 시간과의 일치를 말한다. 만약 내가 촛불과 모래시계를 나의 상상의 독방에 모을 수 있다면, 나는 시간에 대해서, 흐르는 지속이나 사라져버리는 지속에 대해서 꿈꾸기를 좋아했을 것이다.

그러나 내가 생각하는 현자에게 불꽃의 교훈은 부서져 떨어지는 모래의 교훈보다 큰 것이다. 불꽃은 밤을 지새우는 사람의 눈을 2절판 책에서 떼어놓으며 근무 시간, 독서 시간, 사색의 시간에서 떨어지도록 촉구한다. 불꽃 그 자체 속에서 시간이 밤을 지새우기 시작한다.

그렇다. 불꽃 앞에서 밤을 지새우는 사람은 더는 책을 읽지 않는다. 그는 삶을 생각한다. 그는 죽음을 생각한다. 불꽃은 언제 어떻게 될지 모르며 꿋꿋하다. 이 불꽃은 조금만 불어도 꺼진다. 그리고 그것은 하나의 불씨로서 다시 켜진다. 불꽃은 켜기도 쉽고 *끄기도* 쉽다. 삶과 죽음이 여기서는 아주 나란히 놓여 있다. 그 이미지에서도 삶과 죽음은 아주 잘 만들어진 대립물이다.

단순한 논리의 말투로 존재와 무(無)의 변증법을 다루는 철학자들의 사색의 유희는 태어나고 죽는 빛 앞에서는 극적으로 구체적인 것이 된다.

그러나 보다 깊이 몽상할 때 삶과 죽음 사이 상념의 아름다운 균형은 사라지고 만다. 촛불의 몽상가의 마음에 "꺼진다(s'éteindre)"는 말은 어떤 울림을 갖는 것일까! 말은 아마도 그 어원을 저버리고 낯선 생명, 단순한 비교의 우연에서 빈 생명을 다시 붙잡는 것이다. "꺼진다"는 동사의 가장 큰 주어는 무엇일까? 생명일까, 아니면 촛불일까? 은유성을 갖는 동사는 불규칙하게 변화하는 어떠한 주어라도 움직이게 할 수 있다. "꺼진다"는 동사는 마음과 마찬가지로 소리, 노여움과 마찬가지로 사랑 등 무엇이든지 죽일 수 있다. 그러나 참다운 뜻, 원초적인 뜻을 바라는 자는 촛불의 죽음을 상기할 것이다.

신학자들은 하늘의 경치에서 빛의 여러 가지 드라마를 읽을 수 있음을 우리에게 가르쳐주었다. 그러나 몽상가의 독방에서는 아주 낯익은 물건들이 우주의 신화가 된다. 꺼지는 촛불은 죽어가는 태양이다. 촛불은 하늘의 별보다도 더 천천히 죽는다.

심지가 구부러지고 까맣게 변한다. 불꽃은 그것을 둘러싸고 있는 어둠 속에서 자신의 아편을 먹는다. 그리고 불꽃은 아무 말 없이 죽는다. 그것은 잠들면서 죽는다.

촛불의 모든 몽상가, 그리고 작은 불꽃의 모든 몽상가는 누구나 이것을 알고 있다. 물질의 삶에서도, 우주의 삶에서도 모든 것이 극적이다. 자기의 촛불과 더불어 꿈꿀 때 사람은 두 번 꿈꾸는 것이다. 불꽃 앞에서의 명상은, 파라셀스[2)]의 표현에 따르면 "두 세계의 고양(exaltatio utriusque mundi)"[2]이다.

이 이중의 고양에 대해서는—단지 문학적 표현의 철학자인 우리는—이후에 시인들에게서 차용한 몇 개의 증언을 보여주는 것으로 그치겠다. 잘 다듬어진 사유, 타인의 사유를 통해 이와 같은 터무니없는 꿈을 도와주는 것으로 우리가 이 장의 처음에

---

2) Paracelse(1493~1541) : 르네상스 시대 스위스의 의학자로서 주요 저서로는 《파라미룸》(1575)이 있다.

2 C. G. Jung, 《파라셀시카(Paracelsica)》, p. 123에서 인용.

말한 것처럼 시간이 끝나게 되는 것이다.

그렇기는 하지만, 일찍이 사상으로서의 시를 만들어낸 시작 (詩作)이 있지 않은가?

4

시인들의 몽상에 가까운 진지한 몽상으로 우리를 이끌 수 있는 자료만을 한정한다는 의도를 정당화하기 위해서, 다른 많은 예들 속에서 그 사상이나 이미지로 우리의 참가를 촉발시키지 않는, 한 권의 낡은 책에서 빌려온 이미지와 관념의 역암(礫岩/conglomérat) 이라 할 수 있는 하나의 예를 설명해보기로 한다. 역사적 상황으로부터 떨어져 있다고 할지 모르나 다음에 인용하는 페이지들은 환상의 공로(功勞)로써 표시될 수 없는 것이다. 이 페이지들은 더 구나 지식의 조직체에 대립하는 것도 아니다. 그러한 곳에서는 다만 잘난 체하는 사고와 불충분한 이미지의 혼잡만을 볼 수 있을 뿐이다. 따라서 우리의 자료는 우리가 경험하고 싶어하는 이미지 고양과는 정반대의 것이 될 것이다. 그것은 "상상력의 상식 에 어긋나는 예"가 될 것이다.

이 대강의 자료를 설명한 뒤 조잡하지 않게 체계를 세운 보다 상세한 이미지로 되돌아갈 것이다. 우리는 거기에서 상상하는 기쁨을 느끼며 친하게 좇아갈 수 있는 자극을 재발견할 것이다.

5

블레즈 드 비주네르[3)]는 《불과 소금에 대하여》에서 가바라의 경전 《장려(壯麗)의 서(書)》[4)]를 풀이하면서 이렇게 쓰고 있다.

"한쪽이 강해서 다른 쪽을 삼켜버리는 이중의 불이 있다. 그것을 알고 싶은 사람은 켜진 불이나 램프, 혹은 관솔불에서 일렁이는 불꽃을 관찰하는 것이 좋다. 왜냐하면 그것은 부패하기 쉬운 물질과 공기가 혼합되고 결부되지 않으면 불꽃이 일 수 없기 때문이다. 그러나 이 상승하는 불꽃에는 두 개의 불꽃이 있다. 하나는 하얗게 빛나며 그 뿌리는 파랗고 꼭대기에 이어져 있다. 그리고 다른 하나는 붉고, 그것이 타고 있는 나무나 심지에 연결되어 있다. 흰 쪽은 똑바로 위를 향해서 올라가고, 붉은 쪽은 타며 빛나는 것을 다른 쪽에 제공하고 있는 재료에서 떠나지 않고 밑에 멈추어 있다."[3]

여기에서 수동적인 것과 능동적인 것, 움직여지는 것(lemû)과 움직이는 것(le mouvant), 태워지는 것(le brûlé)과 태우는 것(le

---

3) Blaise de Vigenère(1523~1596) : 프랑스의 저술가. 39세 때부터 그리스어, 헤브루어 등을 배워서 후일 많은 책을 썼다. 주요 저서로는 《혜성론》(1578), 《숫자론》(1586), 《샤를르 7세 이야기》(1589), 《불과 소금에 대하여(Traite du Feu et du Sel)》(1608) 등이 있다.

4) 《장려의 서(Zohar)》는 《창성(創成)의 서(書)》와 더불어 유다야의 밀교 가바라의 경전을 대표하는 것으로서 2세기경 유다야의 승려 요카이가 써 전해 내려오고 있는 원전을 가리킨다.

3 블레즈 드 비주네르, 《불과 소금에 대하여》(Paris, 1628), p. 108.

brûlant)의 변증법—어느 시대의 철학자에게든 만족을 가져다주는 과거분사와 현재분사의 변증법이 시작된다.

그러나 비주네르가 한 것처럼 불꽃의 "사상가"에게 모든 사실은 "가치"의 지평을 열어야 한다. 여기서 얻어야 할 가치가 빛이다. 빛은 그때 불의 초가치 부여(sur-valorisation) 작용이다. 우리가 무의미한 것이라는 사실에 의미와 가치를 부여하는 것이기 때문에 이것은 일종의 초가치 부여 작용인 것이다. 조명(illumination)이란 진실로 하나의 정복이다. 사실 비주네르는 조잡한 불꽃이 흰 불꽃이라는 가치를 획득하기 위해 얼마나 수고했는가를 느끼게 해준다. 흰 불꽃은 "항상 같을 뿐, 꺼멓게 되는가 하면 붉어지고, 노란색·남색·청록색·하늘색으로 변하는 다른 한편의 불꽃처럼 변화하거나 다양해지는 일은 없다."

그때 누르스름한 불꽃은 흰 불꽃의 반(反)가치이다. 촛불의 불꽃은 가치와 반가치가 서로 싸우는 결투장이다. 흰 불꽃은 스스로를 키우는 조잡함들을 "일소하고 근절시켜야" 한다. 그러므로 전(前)과학의 저자에게 불꽃은 세상의 경제에서 적극적인 역할을 하고 있다. 그것은 하나의 개선된 우주(cosmos)를 향한 수단이다.

도덕적 교훈도 그때 아주 가까이 있다. 즉 도덕 의식은 "그것이 머무르고 있는 부정한 것들을 태워버림으로써 흰 불꽃이 되고 만다."

그리하여 잘 타는 것은 높이 탄다. 의식과 불꽃은 같은 수직성의 운명을 가지고 있다. 촛불의 단순한 불꽃이 이 운명을 아주 잘 나타내고 있지만, 그것은 "흰색 이외의 다른 색으로는 자신을 변화시키지 않은 채 낮은 곳에서 자신의 일을 끝낸 뒤에 단호하게 위를 향하고 자기의 본래 거처로 되돌아가는 것이다."

비주네르의 원문은 길다. 우리는 그것을 대폭 생략했다. 그것이 싫증나게 할 수도 있기 때문이다. 만약 이것들을 여러 인식을 조직화한 "관념의 문장"으로 본다면 틀림없이 싫증날 것이다. 그러나 적어도 "몽상의 문장"으로서 그것은 모든 척도를 넘어서고, 또 인간으로부터 온 것이든 세계로부터 온 것이든, 그 모든 경험들이 포함되어 있는 몽상의 명백한 증거처럼 보이게 한다. 세계의 현상들은 약간의 견고성과 통일성을 지닐 때 인간적인 진실이 된다. 비주네르의 원문을 매듭짓는 도덕적 반성(moralité)은 이야기 전체로 역류하고 있다. 이와 같은 도덕적 반성은 이 몽상가가 촛불에 대하여 품고 있었던 관심 속에 잠재해 있다. 그는 그것을 도덕적으로 바라보았다. 그것은 그에게 세계로의 도덕적 입구이며 세계의 도덕성으로의 입구이다.

만일 그가 그곳에 타고 있는 촛덩이조차 보지 못했다면 감히 이것을 썼을까? 이 몽상가는 우리가 장차 범례 현상(範例現象/phénomène-exemple)이라 부를 수 있는 것을 그의 책상 위에 가지고 있었던 것이다. 모든 사물들 가운데서도 흔한 하나의 물질이 빛을 만들어낸다. 그것은 빛을 낸다는 행위 그 자체를 정화시킨다. 이 얼마나 훌륭하고 적극적인 정화의 예인가! 더욱이 자기를 소멸시키면서 순수한 빛을 내는 것은 불순물 그 자체이다. 그리하여 악은 선의 양식이 된다. 불꽃 속에서 철학자는 하나의 범례 현상, 우주 현상, 그리고 인간화의 실례를 만난다. 우리는 이 범례 현상에 따라 "우리의 부정을 태울 것이다".

이 정화되고 정화된 불꽃은 눈을 통해서, 그리고 영혼을 통해서 몽상가를 두 번 비춘다. 여기에서 은유는 실재이며, 실재는 보이는 것이어서 인간적인 존경의 은유가 된다. 사람들은 실재를 은유화하면서 그것을 본다. 만약 어떤 상징주의의 지평에서 분석한다면, 사람들은 비주네르가 우리에게 맡기고 있는 자료의 가치를 왜곡하게 된다. 이미지는 증명하지만 상징은 단정한다. 소박하게 응시한 현상은 상징처럼 역사를 짊어지고 있지 않다. 상징은 다양한 기원을 갖는 전통의 결합이다. 응시한다는 것 속에서는 이와 같은 기원이 되살아나 있지 않다. 현재는 문화의 과거보다도 더 강력하다. 비주네르가 《장려의 서》를 연구한 것은 그가 이 낡은 책의 지식으로서 맡겨진 것을 모든 몽상의 원초성으로 끌어내는 데에 아무런 방해가 되지 않는다. 독서가 꿈을 유발하기 시작할 때 사람들은 더는 읽지 않는다. 만약 촛불이 불꽃에 대해 말하는 낡은 책을 비추고 있다면, 사고와 몽상의 애매성(ambiguité)은 극도에 달한 것이다.

물질적인 것을 정신적인 것으로 혹은 그 역으로 치환할 수 있는 어떠한 상징, 어떠한 이중의 언어도 있을 수 없다. 우리는 비주네르와 함께 인간과 그 세계를 일체화하는 몽상의 강한 통일성

속에, 다시 말해 주관과 객관의 변증법으로 구분할 수 없는 몽상
의 강한 통일성 속에 있다.

이와 같은 몽상 속에서 세계는 그 모든 사물에서 인간의 운명
을 취한다. 그런데 세계는 그 신비의 내밀성 속에서 정화의 운명
을 바라고 있다. 인간이 보다 좋은 인간의 싹이며, 노랗고 무거
운 불꽃이 희고 가벼운 불꽃의 싹인 것과 같이, 세계는 보다 나은
세계의 싹이다. "흰빛"을 통하여, "흰빛"의 정복의 역동성을 통
하여, 스스로 본연의 장소에 복귀하는 것이므로 불꽃은 단지 아
리스토텔레스적 철학을 따라가는 것만은 아닌 것이다. 물리적
인 여러 현상을 관할하는 모든 가치보다도 더 큰 가치가 정복된
다. 본연의 장소로 복귀하는 것은 물론 우주의 질서화, 즉 질서
의 회복이다. 그러나 흰빛의 경우에 도덕적 질서가 물리적 질서
를 능가하려고 한다. 불꽃이 향하는 본연의 장소란 도덕성의 중
심이다.

그렇기 때문에 불꽃과 불꽃의 이미지는 세계의 가치와 마찬가
지로 인간의 가치를 나타낸다. 그것은 "작은 세계(petit monde)"의
도덕성을 우주의 장엄한 도덕성에 결부시킨다. 화산의 목적성을
말하는 신비주의자들이 화산의 고마운 행위가 지구의 "더러움을
씻는다"고 여러 세기에 걸쳐서 주장한 것도 이와 다르지 않다.
지난 세기에도 미슐레[5]가 이것을 반복했다. 이처럼 크게 생각하

---

5) Jules Michelet(1798~1874) : 프랑스의 역사가로 국민적·민주적 입장을 취하
　 며 웅장한 문장으로써 민중의 역사적 창조력과 이상주의를 강조했다. 주요

는 자는 또 작은 것에 대하여 꿈꾸고, 자신의 촛불이 세계의 정화
에 이용된다고 믿는다.

6

물론 우리가 우리의 조사를 예배(liturgie)의 문제로 향해 일종
의 중대한 상징주의, 원래 도덕적·종교적 가치를 기초로 하는
상징주의에 의지한다면, 우리는 불꽃이나 관솔불로 인해 촛불의
몽상가의 몽상 속에서 아주 소박하게 태어난 것보다도 더 극적인
여러 상징주의를 발견하기 쉬울 것이다. 그러나 가장 가까운 현
상 앞에서 가장 먼 비교를 받아들이는 몽상 그것에도 흥미가 있
으리라 생각한다. 비교는 때때로 시작한 바의 상징, 전적인 책임
을 지지 않는 하나의 상징이다.

지각한 것과 상상한 것과의 불균형은 바로 극도에 달한다. 불
꽃은 더 이상 지각의 대상이 아니다. 그것은 철학의 대상이 되어
버린다. 그때 모든 것이 가능해진다. 철학자는 촛불 앞에서 자신
이 타오르는 세계의 증인이라고 상상할 수도 있다. 불꽃은 그에
게 하나의 생성을 향해 긴장한 세계이다. 몽상가는 거기에서 자
신의 존재와 생성을 본다. 불꽃 속에서 공간이 움직이고 시간이

저서로는 《프랑스 역사(Histoire de France)》(1833), 《프랑스 혁명사(Histoire
de la Révolution Francaise)》(1847~1853) 등이 있다.

출렁인다. 빛이 떨리면 모든 것이 떨린다. 불의 생성은 모든 생성 가운데서 가장 극적이고 가장 생생한 것이 아닐까? 불꽃 속에서 그것을 상상한다면 세계는 빠르게 흘러간다. 그리하여 철학자가 촛불 앞에서 세계에 대해 꿈꿀 때 모든 것을—폭력이나 평화까지도—꿈꿀 수 있는 것이다.

2

촛불의 몽상가의 고독

나의 고독은 벌써 준비되었다
그것을 태우려 하는 것을 태우려고
— 루이 에미애, 《불의 이름》에서

1

    사상이나 경험에 대하여 역사가가 추구한 탐구의 주제를 개괄한 짧은 서장 뒤에, 우리는 몽상을 고정시킬 수 있을 만큼 충분히 매력적인 이미지의 탐구자로서 우리의 단순한 일로 되돌아가기로 한다. 촛불의 불꽃은 기억의 몽상을 불러일으킨다.

    그것은 우리가 고독하게 밤을 지새웠던 상황들을 먼 추억으로 되돌려준다.

    그러나 고독한 불꽃은 과연 그것만으로 몽상가의 고독을 심화하고 그의 몽상을 위로할 수 있을까? "인간은 고독 속에서 몽상을 해도 촛불 앞에서라면 그렇게 외로워하지 않는 만큼 처음부터 친구를 필요로 한다"라고 리히텐베르크[1]는 말했다. 알베르 베갱[2]

은 이러한 생각에 깊은 감동을 받아 그의 저서에서 게오르크 리
히텐베르크에게 바치는 제1장의 제목을 "불 켜진 촛불"[1]이라 붙
일 정도였다.

그러나 "몽상의 대상"이 되는 모든 "사물"은 특수한 성격을 띤
다. 만약 "몽환적인 사물"의 박물관, 가까운 사물에 대한 일상적
인 몽상을 통해 몽환화된 사물의 박물관을 만들 수 있다면, 사람
들은 어떤 노력도 아끼지 않을 것이다. 그리하여 집 안의 물건
하나하나는 그의 "그림자"를 악몽 속의 환각이 아닌, 그 기억이
머리에서 떠나지 않고 그 추억에 다시 한번 생명을 주는 일종의
유령을 갖게 되는 것이다.

그렇다, 커다란 사물 하나하나에는 몽환적인 개성이 있다. 고
독한 불꽃은 난로 속의 불과 다른 몽환적인 개성을 가지고 있다.
난로의 불은 그것을 쑤석거리는 사람의 기분을 전환시킬 수 있다.
장황한 불 앞에서 인간은 장작이 타는 것을 거들 수도 있고, 또 필
요할 때 장작을 더 넣을 수도 있다. 따뜻하게 하는 것을 알고 있
는 인간은 프로메테우스의 행위를 지키고 있는 것이다. 그는 프로

---

1) Georg Christoph Lichtenberg(1742~1799) : 독일의 물리학자이자 저술가.
   신랄한 풍자의 저서 《아포리즘집》이 그의 사후에 다섯 권으로 출판되었다.
2) Albert Béguin(1901~1957) : 스위스의 비평가로 《에스프리》지를 주재했으며
   《낭만적 영혼과 꿈(L'Âme Romantique et Le Rêve)》이 주요 저서로 알려져 있
   음. 파스칼과 베르나노스 연구에 획기적 측면을 제시했고, 《제라르 드 네르
   발》(1937), 《페기의 기도》(1942), 《환상가 발자크》(1946), 《현존의 시》등 많
   은 저서를 남겼다.
1 알베르 베갱, 《낭만적 영혼과 꿈》, 제1권, p. 28.

메테우스적인 작은 행위를 여러모로 수정하고 거기에서 완벽한 불을 쑤석거리는 사람으로서 자부심을 갖는다.

그러나 촛불은 홀로 타오른다. 그것은 시중을 들 필요가 없다. 우리는 지금까지 책상 위에 심지 자르는 가위나 그것을 놓을 접시를 두지 않았다. 나에게 촛불의 시대는 저 "구멍 뚫린 촛불"의 시대를 말한다. 눈물의 홈을 따라 눈물이, 숨겨진 눈물이 흘렀던 것이다. 우둔한 철학자로서는 배울 만한 훌륭한 본보기가 아니겠는가! 스탕달은 좋은 양초를 알아보는 법을 이미 알고 있었다. 《어느 여행가의 각서》에서 그는 여인숙의 그은 초를 좋은 초로 바꾸도록 그곳 제일의 잡화상을 찾아가라고 말한다.

그러므로 우리는 좋은 촛불의 추억 속에서 우리의 고독한 몽상을 재발견한다. 불꽃은 태어나면서부터 혼자이고, 또 혼자 머물러 있기를 원한다. 18세기 말엽 어떤 불꽃의 물리학자는 두 개의 촛불을 합치시키려고 헛되이 노력했다. 그는 심지에 심지를 맞대었다. 그러나 두 개의 고독한 불꽃은 더 커져가며 상승하는 데에 취하여 하나로 합쳐지기는커녕 각각 그 뾰족함을 미묘하게 지키면서 수직성의 에너지를 유지했다.

이 물리학자의 "실험"에서 볼 수 있는, 서로 힘을 합쳐 타오르려고 헛되이 노력하는 두 개의 정열적인 마음은 얼마나 불행한 상징인가!

적어도 불꽃은 몽상가에게 자기의 생성에 마음을 빼앗기고 있는 존재의 상징이다! 불꽃은 생성으로서의 존재, 존재로서의 생성이다. 자기를 고독한 불꽃으로 느끼는 것, 생성으로서 존재의 드라마 그 자체에 있는 불꽃으로 느끼는 것, 자기를 밝히면서 커지는 것, 이러한 것들이 위대한 시인의 이미지 밑에 솟아나는 사유이다. 장 드 보셰르[3]는 이렇게 쓰고 있다.

> 나의 사상은 불 속에서 사라졌다.
>
> 그것으로 하여 내가 알게 된 껍질
>
> 그것들은 불 속에서 타버렸다.
>
> 내가 종자이며 영양분이기도 한 화재 속에서.
>
> 그렇지만 나는 더 이상 존재하지 않는다.
>
> 나는 내부다, 불꽃의 축(軸)이다.
>
> ....
>
> 그렇지만 나는 이미 없다.[2]

불꽃의 축으로 존재한다는 것! 일원적인 역동주의의 위대하고 강한 이미지! 장 드 보셰르의 불꽃, 저 "어두운 사람, 사탄"의 불꽃은 떨지 않았다. 사람들은 이것을 위대한 작품의 금언으로 채용할 수도 있으리라.

---

3) Jean de Boschère(1881~1953) : 벨기에 출신의 시인으로 엘리엇, 파운드, 조이스 등과 교류하며 초현실주의 주변에서 독자적인 세계를 개척했다. 시집으로 《어두운 사람, 사탄(Satan, L'Obscur)》(1933), 《파리의 어두운 사람》(1937), 《어두운 사람의 마지막 시편(Derniers Poèmes de L'Obscur)》(1948), 《심연의 상속인》(1950) 등이 있다.

2 장 드 보셰르, 《어두운 사람의 마지막 시편》, p. 148.

2

장 드 보셰르와 함께 생(生)의 영웅적 행위가 강력한 불꽃 속에서 "껍질을 찢는" 한 예를 들 수 있다. 그러나 보다 온건한 고독을 나타내는 불꽃들도 있다. 그 불꽃들은 혼자 남겨진 의식에 보다 단순하게 이야기한다. 어떤 시인은 불과 다섯 마디의 말로써 두 개의 고독이 주는 위안의 공리(公理)를 우리에게 말해주고 있다.

외로운 불꽃이여, 나는 홀로 있다.[3]

이것은 슬픔인가 체념인가? 공감인가 절망인가? 불가능한 전달에 대한 이 호소는 도대체 무엇인가?

혼자서 타고 혼자서 꿈꾸는 것은—이해되지 못하는 자의 커다란 상징, 이중의 상징을 나타낸다. 첫째는 타오르면서 아무 말 없이 혼자 머물러 있지 않으면 안 되는 여자를 위한 것이다. 둘째는 줄 수 있는 것은 단지 고독뿐인, 별로 말이 없는 남자를 위한 것이다.

그렇지만 고독은 사랑할 수 있고 사랑받을 수도 있는 존재에게 그 무슨 장식인가! 소설가들은 이러한 감추어진 사랑, 탁 터놓고 고백할 수 없는 불꽃의 감상적인 아름다움을 우리에게 말해

---

3 트리스탕 차라(Tristan Tzara), 《이리들이 물 마시는 곳(Où Boivent Les Loups)》, p. 15.

왔다. 만약 사람들이,

　　"외로운 불꽃이여, 나는 홀로 있다."

라고 차라가 시작한 대화를 계속한다면 어떠한 소설이 되었을까.
이러한 대화는 침묵을 통해, 고독한 두 존재의 침묵을 통해 계속
될 수는 없는 것인가?
　그러나 꿈꾸면서도 말해야 한다. 저녁의 몽상 속에서, 촛불 앞
에서 꿈꾸며 몽상가는 과거를 탐닉하고 꾸며진 과거에 빠진다.
몽상가는 있을 수 있는 것을 꿈꾼다. 그는 그 자신에 반역하여
그렇게 되었어야 할 것, 그가 했어야 할 것을 꿈꾼다.
　넘실거리는 몽상의 파도 속에서 자신에 대한 이러한 반역도
가라앉아가는 것이다. 몽상가는 몽상의 우수, 실제의 추억과 몽
상의 추억이 뒤섞이는 우수로 되돌아간다. 거듭 말해두지만 사람
들은 이러한 뒤섞임 속에서 타인의 몽상에 감응하게 된다. 촛불
의 몽상가는 이전의 삶에 관한 위대한 몽상가들, 고독한 삶의 커
다란 저장고와 교류하는 것이다.

　　3

　나의 책이 내가 바라는 대로 되어준다면, 그리고 시인들의 작

품을 읽어가며 "시인의 왕국" 앞에서 우리를 멈추게 하는 바리케이트를 때려 부수는 데 충분할 만큼 몽상의 공적을 모을 수 있다면, 나는 모든 단락의 얼굴, 이미지의 긴 연속 끝에 참으로 마지막을 장식하는 데 적당한 이미지, 합리적 사고에 따른 판단으로는 예외라 할 수 있는 이미지를 발견하고자 한다. 그리하여 타인들의 상상력에 도움을 받아 나의 몽상은 나 자신의 꿈을 넘어서 나아갈 것이다.

촛불 앞에서 고독한 추억의 피안, 또 비참한 추억의 피안을 말하기 위해 나는 이 짧은 장에서 테오도르 드 방빌이 시인 카몽이스[4]가 지새운 어떤 밤에 대해 말하고 있는 문학적 자료를 언급할 것이다. 한 시인이 다른 시인에게 공명(共鳴)하여 말할 때, 그가 말하는 것은 두 배로 진실한 것이다.

방빌은 촛불이 꺼졌을 때 카몽이스는 그가 키우는 고양이의 눈빛으로 시를 계속 썼다고 전해준다.[4]

고양이의 눈빛으로! 흔한 빛의 저쪽으로서 믿어야만 하는 부드럽고 순수한 빛, 촛불은 이미 꺼졌고 그 빛만이 있었다. 시인이 시를 쓰기 시작하는 한편에 촛불은 밤샘을 시작하고 있었다. 촛불은 영감을 받은 시인과 더불어 공동의 삶, 영감을 받은 삶,

---

4) Luis Vaz de Camões(1524~1580) : 르네상스 시대 포르투갈 최고의 국민 시
    인으로, 사실·체험·공상을 바탕으로 한 애국 서사시를 많이 남겼다.

4   테오도르 드 방빌(Théodore de Banville), 《콩트 부르주아(Contes Bourgeois)》,
    p. 194.

영감을 주는 삶을 영위하고 있었던 것이다. 촛불을 따라, 영감의 불 속에서 작품은 시구에서 시구로 그 자신의 삶, 그 열렬한 삶을 전개해나갔다. 책상 위에 놓인 각각의 물건들은 후광을 지니고 있었다. 그리고 고양이가 그곳에 있었다. 시인의 책상 위에 앉아서 새하얀 꼬리를 책상에 꼭 붙인 채 고양이는 주인을, 종이 위를 달리는 주인의 손을 보고 있었다. 그렇다, 촛불과 고양이가 불이 가득한 시선으로 시인을 보고 있었다. 일을 하는 사람의 고독 속에 비친 하나의 책상이라는 이 작은 우주에서는 모든 것이 시선뿐이었다. 그때 모든 것이 어떻게 그 시선의 약동을, 그 빛의 약동을 유지하는 것일까? 하나가 쇠퇴하면 나머지 것들이 한층 협력하여 화합한다.

또 약한 존재는 강한 존재보다도 한층 순수하고 조잡하지 않은 피안을 가지고 있다. 비(非)촛불(non-chandelle)의 고독은 촛불의 고독을 마찰 없이 계속한다. 그러한 가치 때문에 사랑받는 이 세상의 사물은 각각 그 자신의 허무(néant)를 요구할 권리를 가지고 있다. 각각의 존재는 그 자신의 비존재(non-être) 속에 얼마간의 존재, 그의 존재의 그림자를 주입시키고 있는 것이다.

그때 초몽상(ultra-songes)의 철학자가 존재와 비존재 사이에 구별할 수 있는 저 미묘한 화음 속에서 한 마리 고양이의 눈이 촛불의 비존재를 도와줄 수 있다. 어둠 속에서 계속 써나가고 있는 카몽이스, 그 광경은 참으로 위대하다! 이와 같은 광경은 그 나름의 지속을 지니고 있다. 시인은 종국에 그의 목표에 도달하기를 바란다. 촛불이 꺼지는 순간 고양이의 눈을 어떻게 하나의 등화대(燈火臺/porte-lumière)처럼 보지 않을 수 있었을까? 카몽이스의 고양이는 촛불이 꺼졌을 때 분명히 몸을 떨지 않았던 것이다.[5] 고양이, 밤을 지새는 이 동물, 졸면서도 바라보는 이 주의 깊은 존재는 천재성으로 빛나는 시인의 얼굴과 빛의 밝기를 일치시켜 밤을 계속 지새는 것이다.

4

극단적인 하나의 이미지를 가지고 우리가 작은 빛의 드라마에 감응하게 된 지금, 아무 쓸데없이 눈에 보이는 이미지의 특권에서 벗어날 수는 없다. 촛불 앞에서 고독하고 한가롭게 꿈꿀 때, 사람들은 머지않아 빛나는 이 생명이 역시 말을 하는 생명이라는 것을 알게 된다. 이 점에 대해서 시인들이 그 말을 듣는 법을 가르쳐줄 것이다.

불꽃은 소리를 내고 투덜거린다. 불꽃은 괴로워하는 존재이다. 어두운 중얼거림이 그 고뇌의 심연에서 나온다. 아주 작은 고

---

5 고양이는 겁 많은 동물이 아니라는 것에 주의하자. 사람들은 연약한 모든 것들은 허약한 것이라고 너무 쉽사리 믿는다. 그리하여 라 샹브르(La Chambre) 공(公)은 반딧불이는 무서움을 느끼자마자 자신의 빛을 꺼버린다고 생각한다. 라 샹브르 공의 《빛의 여러 원인에 관한 새로운 학설(Nouvelles Pensées sur Les Causes de La Lumière)》(1634), p. 60 참조.

통도 세계의 고통을 나타내는 기호이다. 프란츠 폰 바더[5]의 저서 등을 읽은 몽상가는 촛불의 부르짖음 속에서 축소되고 소리를 죽인 번갯불의 번쩍임을 재발견할 것이다. 그는 타고 있는 존재의 소리, 외젠 쉬지니[6]가 우리에게 말한, 독일어에서 프랑스어로 번역이 불가능한 'Schrack'란 소리를 들을 수 있다.[6] 한 나라의 언어에서 다른 나라의 언어로 번역할 때 가장 불가능한 것이 음과 울림의 현상이라는 것은 재미있는 일이다. 한 언어의 소리 공간은 독자적인 울림을 가지고 있다.

그러나 우리는 말의 깊숙한 곳에서 울려 퍼지는 먼 메아리를 우리의 모국어에 받아들일 줄 아는가! 글을 읽으면서 그것을 보지만 더 이상 그것을 듣지는 않는다.

저 선량한 노디에[7]의 《프랑스어 의성어 사전》은 나에게 얼마나 계시적이었던가. 그것은 나에게 음의 체계를 구성하는 음절의 공동(空洞)을 귀로 살필 것을 가르쳐주었다. 나는 노디에의 귀에

---

5) Franz von Baader(1765~1841) : 독일 뮤니히 출신의 신학자로서 루소의 자연신교와 칸트의 주관주의를 반대했다. 신비주의적 색채를 띤 난해한 아포리즘 형식의 저작을 많이 남겼다.

6) Eugène Susini : 바슐라르 연구자로 알려져 있으며, 1942년에 세 권으로 된 《프란츠 폰 바더와 신비적 인식(Franz von Baader et Le Romantisme Mystique)》이라는 책을 쓴 바 있다.

6 외젠 쉬지니, 《프란츠 폰 바더와 신비적 인식》(Vrin), p. 321.

7) Charles Emmanuel Nodier(1780~1844) : 프랑스의 시인이며 소설가. 곤충학에 관한 연구를 출발점으로 1801년 《셰익스피어의 사상》을 낸 후 소설을 쓰기 시작했다. 그의 대표작으로는 《추방》(1802)을 꼽는다.

clignoter(깜빡거리다)란 동사가 촛불꽃의 의성어라는 사실을 알았을 때 얼마나 놀라며 감탄했던가! 아마도 불꽃이 흔들릴 때 눈도 움직이고 눈꺼풀도 떨리리라. 그러나 들으려는 의식에 온 신경을 기울인 귀는 이미 불꽃의 불쾌함을 들어버리고 만다.

사람은 몽상을 할 뿐 이미 바라보지는 않는다. 바로 그때 불꽃 소리에 냇물의 흐름이 와 닿고 불꽃의 음절들은 응고된다. 잘 들어보자. 불꽃이 깜빡거린다(la flamme clignote)는 말은 사람들이 보는 것을 표현하기 전에 듣는 것을 모방한 것임에 틀림없을 것이다. 깜빡거리는 불꽃의 세 개 음절들은 서로 부딪치며 파괴한다. cli, gno, ter, 어느 음절이든 서로 다른 음절 속에 녹아 들어가는 것을 바라지 않는다. 불꽃의 불쾌함은 이들 세 개의 울림의 작은 적의(適意) 속에 새겨져 있다. 말의 몽상가는 이와 같은 울림의 드라마를 언제까지나 생각한다. clignoter라는 말은 프랑스어 중에서 가장 떨리는 말 가운데 하나다.

아아! 이러한 몽상은 너무나 멀리 나아간다. 그것은 몽상에 빠져버린 철학자의 펜 밑에서만 태어난다. 깜빡거림(clignotement)은 정신과 의사가 연구해야 할 하나의 증상이며, "깜빡이는(clignotant)" 것은 운전자의 손가락에 따라 움직이는 기계 조작과 같은 것으로 오늘의 세계를 그는 잊어버린다. 그러나 말은 이처럼 많은 것에 적응함으로써 그 충실성의 미덕을 잃어버린다. 그들은 최초의 것, 매우 친밀한 것, 최초의 친밀함을 갖는 것을 망각한다. 촛불의 몽상가, 작은 빛의 친구였음을 추억하는 몽상가는 노디에를 읽으면서 원초적 단순함을 다시 배우는 것이다.

서장에서 지적한 바와 같이 불꽃의 몽상가는 쉽사리 불꽃의 사상가가 된다. 그는 촛불이라는 침묵하는 존재가 왜 갑자기 신음하기 시작하는가를 이해하고자 한다. 프란츠 폰 바더에게 치직 하는 소리, 저 Schrack은 "조용하든 시끄럽든 간에 발화 때마다 앞서 일어난다"는 것이다. 그것은 "한쪽이 다른 쪽을 억누르고 또는 한쪽이 다른 쪽을 종속시키는 두 개의 상반된 원리의 접촉으로" 생긴다. 항상 타고 있으면서도 불꽃은 다시 타오르며 조잡한 물질에 대해 지휘권을 유지해야만 한다. 우리가 좀더 예민한 귀로 듣는다면, 이와 같은 내적인 출렁거림의 모든 반향을 들을 수 있을 것이다. 시각은 값싸게 획일화를 불러온다. 이에 반하여 불꽃의 살랑거리는 소리는 한마디로 요약되지 않는다. 불꽃은 일관성을 유지하기 위하여 하지 않으면 안 될 모든 싸움을 말한다.

그러나 보다 불안한 마음을 가진 자들은 사물의 불행을 보편적인 고뇌 속에 새겨두기 때문에 우주론적 전망을 가지고서도 안심하지 않는다. 불꽃의 몽상가에게 램프는 정신 상태를 같이하는 한 사람의 동료이다. 램프가 흔들리면 그것은 방 전체를 흔들어 놓는 어떤 불안감을 재촉하는 것이 된다. 그리고 불꽃이 깜빡거리는 순간에 몽상가의 마음에는 피가 가물거리게 된다. 그리고 불꽃이 괴로워하고 있다면 몽상가의 호흡이 갑작스레 빨라진다. 사물들의 삶에 극히 물리적으로 결부되어 있는 한 사람의 몽상가는 무의미한 것을 극화시킨다. 이와 같은 사물의 몽상가에게는 모든 것이 세심한 몽상 속에서 인간적 의미를 지닌다. 부드러운 빛의 예민한 불안에 대해서 많은 자료를 쉽게 모을 수 있을 것이다. 촛불의 불꽃은 그 전조를 알린다. 다음에 하나의 간결한 예를 들어보기로 하자. 어떤 공포의 밤에 스트린드베리[8]의 램프가 이처럼 그을음을 내며 타오른다.

　　나는 창을 열려고 한다. 바람이 금방이라도 램프를 끌 것만 같다. 램프는 노래하고 신음하며 찔찔 울기 시작한다.[7]

　이 이야기는 스트린드베리가 직접 프랑스어로 썼다는 것에 주목하자. 불꽃이 찔찔 운다(piauler)고 했기 때문에 그것은 어린아이의 슬픔을 지니고 있다. 따라서 온 우주가 불행하다. 스트린드베리는 이 세상 모든 존재가 그에게 불행의 전조를 알리고 있음을 새삼 알게 된다. 찔찔 운다는 것은 눈물이 고인 눈을 조금씩 깜박거리는 것이 아닌가? 울음 섞인 목소리로 말할 때, 이와 같은 말은 불의 철학에서 때때로 언급한 바 있는 저 축축한 불꽃의 의성어가 아닌가?

---

8) Strindberg(1849~1912) : 스웨덴의 광기의 작가로 유명하며 실제 생활에서도 결혼과 이혼이라는 굴곡 있는 삶을 살았다. 첫 번째 아내와의 결혼생활을 적나라하게 그린 《어리석은 자의 고백》, 그리고 생활의 고뇌에 바탕을 둔 자전소설 《지옥(Inferno)》이 이색적인 작품으로 널리 알려져 있다.

7　스트린드베리, 《지옥》(Éd. stock), p. 189.

같은 소설[8]의 다른 페이지에서 스트린드베리는 빛의 악의를 의심하고 있다. 이 경우 불행을 미리 알리는 것은 촛불이 내는 소리이다.[9]

"독서로 시간을 보내기 위해 나는 촛불을 켠다. 불길한 침묵이 지배하고, 나는 심장의 고동이 뛰는 것을 듣는다. 그때 조그맣고 메마른 소리가 전기의 불꽃처럼 나에게 충격을 준다. 이것은 무엇인가? 그것은 초의 스테아린의 큰 덩어리가 막 떨어진 것이다. 오직 그것뿐, 그러나 그것은 우리나라에서는 죽음의 흉조인 것이다."

아마도 스트린드베리는 발가벗겨진 심리를 가지고 있었으리라. 그는 물질의 아주 작은 드라마에도 쉽게 반응한다. 난로 속의 코크스도 타면서 작게 부서지고 그 찌꺼기가 잘 붙지 않을 때 역시 그에게 경종을 울린다. 그러나 재난은 빛에서 비롯될 때 미묘하고 동시에 더 커진다. 램프나 촛불은 가장 인간화된 불을 주는 것이 아닌가? 빛을 주고 있기에 불은 가장 큰 가치의 창조자가 되는 것이 아닌가? 자연의 여러 가치들의 정점에서 하나의 혼란이 우주와 함께 평화 속에 있고자 하는 몽상가의 마음을 찢는다.

---

8   앞의 책, p. 205 인용.

9   "롬바르디아 지방에서는 숯불이 피직피직 타는 소리와 장작불의 신음소리는 불길한 전조이다"(앙젤로 드 귀베르나티스, 《식물 신화학(Mythologie des Plantes)》, 제1권, p. 266).

촛불의 불행을 앞에 둔 스트린드베리의 불안 속에서는 상징적인 유혹의 흔적을 조금도 찾아볼 수 없다는 데 주의하자. 일어나는 사건이 전부이다. 아무리 작은 것이라 할지라도 그것은 현실의 한 부조(浮彫)로서 표시된다.

사람들은 이와 같은 광기의 유치함을 쉽사리 이야기할 것이다. 실제적인 가정의 고뇌로 가득 차 있는 이야기 속에 이것이 자리 잡고 있다는 데 사람들은 놀랄 것이다. 그러나 거기에 있는 것이 사실이다. 작가가 체험하게 된 심리적 사실이 문화적 사실과 겹쳐지는 것이다. 스트린드베리는 무의미한 사건이라도 인간의 마음을 움직일 수 있다는 신념을 가지고 있다. 조그만 공포를 느낌과 동시에 그는 그 공포를 자기가 독자의 고독 속에 심을 것이라고 생각한다.

물론 정신과 의사라면 스트린드베리의 이야기를 읽을 때 정신분열증이라고 어렵지 않게 진단을 내릴 것이다. 그러나 이와 같은 이야기가 문학의 형태를 취함으로써 한 가지 문제를 제기한다. 즉 이와 같은 작품들은 사람을 분열시키는 것이 아닌가, 라고. 관심을 가지고 《지옥》이라는 작품을 읽을 때, 독자들은 저마다 정신분열증의 시간을 갖는 것이 아닐까? 스트린드베리는 절대 고독 속에서 쓰면서 그가 고독한 독자들이라는 커다란 타인과 교류하는 것임을 알고 있다. 그는 모든 영혼 속에 일체의 이성을 넘어선 아주 유치한 공포가 남은 영역이 있음을 알고 있다. 그는 촛불을 둘러싼 불행을 전파시킬 수 있다고 확신한다. 《지옥》에서 그는 자서전에 쓴 다음과 같은 금언을 따르고 있다.

"가라, 그러면 타인들이 겁낼 것이다."[10]

5

촛불의 불꽃에 파리가 날아들 때 그 희생은 시끄럽다. 날개는 탁탁 소리를 내고, 불꽃은 소스라치게 놀란다. 몽상가의 마음에는 생명이 찌지직 소리 내며 찢어지는 것처럼 보인다.

이것보다 부드러우며 시끄럽지 않은 것은 나방의 최후이다. 그것은 소리 없이 날아들어 불꽃에 닿았다 싶으면 벌써 타버리고 만다. 크게 꿈꾸는 몽상가에게는 사건이 단순하면 할수록 주석(註釋)은 멀리 나아간다. 그리하여 칼 구스타프 융은 이러한 드라마를 설명하기 위해서 "나방의 노래"[11]라는 제목으로 한 장 전체를 쓰고 있다. 융은 그의 병상 진단인《영혼의 변형과 그 상징 (Métamorphoses de L'âme et ses Symboles)》제1판에서 그 출발점이 되는 정신분열증 환자 밀러 양의 시를 인용하고 있다.

거기에서도 역시 시가 무의미한 사실에 운명의 의미를 부여하려 한다. 이 작품은 모든 것을 확대시킨다. 오랫동안 고치 속에

---

10 스트린드베리, 《작가(L'Écrivain)》, 프랑스어판(Éd. stock), p. 167.
11 C. G. 융, 《영혼의 변형과 그 상징》, 프랑스어판(1953), p. 156 이하.

웅크리고 있던 하찮은 존재는 최상의 희생, 영광스런 희생을 찾아서 태양—불꽃 중의 불꽃—을 향해 간다.

나방은 어떻게 노래하고 정신분열증 환자는 어떻게 노래하는지 여기에 쓰여 있다. "유충으로서 나의 의식이 처음으로 눈뜰 때부터 나는 당신을 동경했다. 내가 번데기였을 때 나는 당신만을 꿈꾸었다. 때때로 수많은 나의 동료들이 당신에게서 발산되는 연약한 빛을 향해 날아감으로써 소멸해갔다. 언젠가 연약한 내 존재도 그렇게 끝장날 것이다. 그러나 나의 마지막 목표는 최초의 소망처럼 당신의 영광에 가까이 가는 것이다. 그때 황홀한 한순간 당신을 힐끗 바라보면서 나는 만족스럽게 죽을 것이다. 단 한 번, 아름다움과 정열과 생명의 원천이 온통 빛나는 곳에서 나는 바라볼 수 있었으니까."

이것은 태양 속에서 죽기를 바라는 한 여자 몽상가의 상징인 나방의 노래이다. 융은 정신분열증 환자의 시를 파우스트가 태양 빛 속에서 멸망하는 것을 꿈꾸는 시구와 비교하는 것도 주저하지 않는다.

오오! 내게 날아오를 수 있는 날개가 있다면
저녁놀을 좇아서 끝없이 달려가련만!
나는 보았네, 노을 속에서
영원히 나의 발밑에 누워 있는 조용한 세계를
....

하지만 새로운 욕망이 내게서 눈뜬다.

저 저녁놀의 영원한 빛을 마시기 위해 언제나 멀리까지 나는 달려간다.[12]

우리는 정신분열증 환자의 시와 괴테의 시를 비교하는 융의 뒤를 따르는 것도 주저하지 않는다. 왜냐하면 문학적 몽상의 가장 환상적인 역동성의 하나인 확대화에 우리가 참여하는 것이기 때문이다. 그것은 우리에게 글로 씌어진 몽상의 심리적 존경의 증거이다. 《동서시편(Le Divan)》에서 괴테는 동경(selige Sehnsucht), 다시 말해 지고한 동경의 주제로 불꽃 속 나비의 희생을 채용하고 있다.

사랑의 신선한 밤에

불꽃 속에서 죽음을 동경하는

살아 있는 자를 나는 찬미한다.

………

조용한 관솔불이 빛날 때

이상한 감정이 너를 붙잡는다.

너는 이미 암흑 속에 갇혀 있지 않고

새로운 욕망이 보다 높은 결론으로 너를 끌고 간다.

………

---

12 앞의 책, p. 162 참조.

매혹되어 하늘을 날아서 너는 달려가는구나.

마침내 빛을 사모하는 자여,

너는 거기에서, 오오! 불타버린 나비여.

이러한 운명은 괴테에게서 하나의 위대한 금언을 받아들이고
있다. 즉, "죽어라, 그리고 이루어라"라는 말을.

이 "죽어라, 그리고 이루어라"를

네가 이해하지 못하는 한

너는 캄캄한 대지 위

어두운 나그네에 지나지 않는다.

《동서시편》의 서문에서 앙리 리크탕베르제[9]는 이 시에 대해 광
범위한 해설을 하고 있다.[13] 동양 시의 신비주의는 "괴테에게 고
전적 신비주의, 플라톤적이고 헤라클레스적인 철학과 유사한 것으
로 나타난다. 플라톤과 플로티노스에게 푹 빠졌던 괴테는 그리스
적 상징주의와 동양적 상징주의를 결부시키는 친근함을 분명하게
보여주고 있다. 그는 관솔불의 불꽃 속으로 날아드는 나비를 수피

---

9) Henri Lichtenberg(1864~1941) : 프랑스의 게르마니스트로 소르본 대학 교
   수를 지냈으며, 독일에 관한 중요한 연구를 남겼다. 《독일어 역사》(1895),
   《니체의 철학》(1898), 《사상가 하이네》(1905), 《근대 독일과 그 발전》(1907)
   등이 있다.
13 괴테, 《동서시편(Le Divan)》, 리크탕베르제(역), pp. 45~49.

교적 주제와 영혼의 상징으로 보고, 푸시케가 에로스에게 붙잡히
는 그리스 신화를 관솔불에 타 죽는 소녀 혹은 나비의 형태로 제시
한 것과 동일하게 인정한다."

6

　나방은 촛불의 불꽃 속으로 몸을 던진다. 물질적 힘을 인정하
는 물리학자는 이것을 명백한 굴광성(phototropisme)이라고 말
하며, 원초적 충동의 근원에서 인간적인 것을 읽고자 하는 정신
과 의사는 이것을 엠페도클레스 콤플렉스[10]라고 말한다. 모두 다
옳은 이론이다. 그러나 여러 의견을 일치시키는 것은 몽상이다.
왜냐하면 그 몽상이라는 것, 자신의 향성(向性/tropisme), 곧 죽음

---

10) "엠페도클레스 콤플렉스"는 바슐라르가 《불의 정신분석》에서 보여준 네 가
　　지 콤플렉스 개념 가운데 하나다. 바슐라르에게 콤플렉스라는 말은 프로이
　　트류의 정신분석학에서 쓰는 정신병리학적 의미를 벗어나 심미적 세계를
　　만들어내는 꿈의 세계를 뜻한다. 다시 말하면, 엠페도클레스 콤플렉스는 삶
　　의 본능과 죽음의 본능이 대립하는 현상이다. 그리스 철학자 엠페도클레스
　　(Empedokles, B.C. 493~430)의 이름에서 빌려온 것이 분명한 이 개념은 그
　　가 말년에 스스로 신이 되기 위해 에트나 화산에 뛰어들어 이 세상과 저 세상
　　을 연결시키며 재생의 기회를 얻으려 했던 것을 말한다. 우리는 이러한 콤플
　　렉스의 개념을 문학비평의 한 방법으로 사용하여 인간 내면의 원초적 심층을
　　탐구할 수 있다. 이른바 "신비평" 또는 "구조주의 비평"이라 불리는 오늘날의
　　비평 방법은 거의 대부분 인간의 상상력에 관한 바슐라르의 분석에 힘입고
　　있다.

에의 본능에 복종하는 나방을 바라보는 몽상가가 그 이미지 앞에서 자기도 그와 똑같지 않은가, 라고 물어보게 하기 때문이다. 나방을 하나의 작은 엠페도클레스로 보는 이상, 내가 어떻게 불에 의한 죽음을 걸고까지 태양을 향해 정복해가는 파우스트적 엠페도클레스가 되지 않는다고 단언할 수 있겠는가.

불행이 일어나기 전에, 또 우리가 불을 꺼버리기 전에 나비가 램프에 날아들어 날개를 태워버린다는 것, 이것은 우리의 감성에는 미치지 않는 분명히 우주적인 과오이다. 그렇지만 스스로 날개를 태우려고 달려드는 존재는 무엇을 상징하는 것일까! 자신의 옷을 태우고 존재를 태운다는 것, 몽상하는 영혼은 이것을 끝없이 명상한다. 피에르 장 주브[11]의 소설에서 폴리나가 무도회에 처음 나가기 전에 스스로 무척 아름답다 생각하고 수녀처럼 순결하기를 바랄 때, 더욱이 모든 남자들의 주의를 끌고 싶어할 때, 그녀가 표현하고 있는 불꽃 속 나비의 죽음 같은 것이다.

"하지만 내 사랑하는 나비야, 불꽃을 조심하거라. 요전 밤처럼 죽으려 하는구나. 이제 곧 죽겠구나. 아무 생각 없이 불 속으로 달려드는 너는 불이라는 것을 모르고 벌써 한쪽 날개가 절반이나 타버렸구나. 그래도 달려드는구나. 하지만 이것은 불이란

---

11) Pierre Jean Jouve(1887~1976) : 프랑스의 시인으로서 프로이트와 초현실주의를 지나서 성(性)의 심연을 노래했다. 전쟁과 살육을 저주한 대표 시집 《피의 즙》(1933)의 서문 "무의식·정신성·파국"은 그의 문학적 신념을 표명한 예언이 되고 있다. 시집으로 《실락원》(1929), 《결혼》(1931), 《천상의 물질》(1939) 등이 있으며, 소설 《폴리나》(1925), 《황량한 세계》(1925) 등이 있다.

다. 가엾은 나비야, 이것은 불이란다!"[14]

폴리나는 순결한 불꽃이다. 그러나 그것은 하나의 불꽃이다. 그녀는 유혹하고자 하지만 벌써 유혹당하고 있다. 그녀는 참으로 아름답다! 그녀의 아름다움은 바로 그녀를 유혹하는 불꽃이다. 이러한 최초의 장면에서부터 오류 속에서 순결한 죽음의 드라마가 펼쳐지는 것이다. 주브의 소설은 운명의 소설이다. 나비가 불꽃 속에서 죽어가듯이 사랑에 의해 사랑 속에서 죽어가는 것, 그것은 에로스(Éros)와 타나토스의[12] 종합을 실현하는 것이 아닌가? 주브의 이야기는 삶의 본능과 죽음의 본능으로 활기를 띠고 있다. 주브가 말한 것처럼 그 깊이에서, 또 그 원초성에서 내보여진 이 두 가지 본능은 서로 반대되는 것이 아니다. 주브와 같은 심연의 심리학자는 이러한 본능이 삶 속에 끊임없이 혁명을 이룩하는 리듬, 운명의 리듬 속에 움직이고 있음을 보여준다.

그러나 주브가 선택한 원초적 이미지, 여성적 운명의 이미지, 그것은 첫 무도회의 밤 촛불에 타버리는 한 마리 나비의 이미지이다.

나는 빛에 이끌린 자벌레 나방의 죽음에 대해서 생각하는 사람들까지도 포함하여 아주 다양한 불꽃의 몽상가들을 따라가보고자 했다. 그러나 그들의 몽상에 대해 깊이 언급하고 싶은 생각은 없다. 나도 많은 현혹을 잘 알고 있다. 공허가 나를 붙잡아매

---

14 피에르 장 주브, 《폴리나》(Mercure de France), p. 40 참조.
12) Thanatos : 그리스 신화에 나오는 죽음의 신을 가리킨다.

고 위협한다. 그러나 나는 엠페도클레스적 현혹에 괴로워하지는 않는다.

죽음의 고독은 나와 같은 부류의 고독한 몽상가에게는 너무도 큰 명상의 주제이다. 그러므로 이 장의 서두에 내가 환기시킨 바 있는 저 단순하고 조용한 몽상을 어떻게 내 것으로 만드느냐 하는 것만을 말해두기로 한다.

7

장 카수[13]는 존엄한 사람에게 적합한 다음과 같은 질문을 가지고 저 위대한 시인 밀로즈[14]에게 접근할 것을 언제나 꿈꾸었다. 즉 "당신의 고독은 어떻습니까"라는.

이러한 질문에는 여러 가지 대답이 있을 수 있다. 영혼의 어떤

---

13) Jean Cassou(1897~1986) : 프랑스의 시인·작가·미술 평론가. 스페인 태생인 그는 스페인 문학을 번역 소개하는 데 힘쓰는 한편, 미술에 관한 많은 저작을 남기는 등 다재다능한 예술가로 알려져 있다. 특히 2차 대전 중에 레지스탕스 운동에 참여했다가 투옥되어 쓴 《독방에서 씌어진 33개의 소네트》(1944)라는 시집이 유명하다. 그 밖에 소설 《꿈의 열쇠》(1929), 《파리의 학살》(1936), 《아름다운 가을》(1960) 등이 있다.

14) Oscar Venceslas de Lubicz Milosz(1877~1939) : 폴란드 태생의 시인이자 외교관. 절망과 권태를 노래한 상징주의 경향의 시집 《여러 요소》(1911)를 거쳐, 난해한 비교(秘敎)의 영역에 잠기게 된 《연금비법의 시편》(1926) 등을 남겼다.

중심, 마음의 어떤 구석, 정신의 어떤 모퉁이에서 위대한 고독자는 혼자인가? 정말 혼자인가? 외로운가? 갇혀 있는가? 또는 마음을 위로하고 있는가? 어느 외딴집, 어느 독방에서 시인은 정말 고독자로 있는 것인가? 더욱이 날씨와 몽상의 색깔에 따라 모든 것이 변할 때, 위대한 고독자가 느끼는 고독의 인상은 하나하나가 그 나름의 이미지를 발견해야만 하는 것이다.

이와 같은 "인상"은 처음에는 이미지가 된다. 고독을 알기 위해서—그것을 사랑하거나 거기에 몸을 던지기 위해 또는 조용해지거나 용감해지기 위해서는—고독을 상상해보아야 한다. 사람들이 우리의 존재에 관한 이러한 인식을 밝게 혹은 흐리게 하는 심령의 명암에 대한 심리학을 하려고 할 때, 이미지를 증대하고 모든 이미지를 이중화해야 할 것이다. 고독한 인간은 혼자 있다는 자랑스러움 속에서 고독이 무엇인가를 때때로 말할 수 있을는지도 모른다. 하지만 사람은 저마다 자기만의 고독이 있다. 그래서 고독의 몽상가는 이러한 고독의 명암이 담긴 앨범 가운데서 몇 페이지만을 우리에게 제공할 수 있을 뿐이다.

나로 말하면, 시인들이 내게 주는 이미지에 동화되고 타인들의 고독에 동화되어 나 스스로 혼자가 된다. 타인의 고독과 함께 나 스스로 혼자가 되는 것이다.

물론 이러한 고독에의 종용은 신중해야 하고, 그것은 분명히 이미지로서의 고독이어야 한다. 만약 고독한 작가가 그의 생활이며 생애 따위를 내게 이야기하고자 한다면, 그는 곧 나와 아무 관

련이 없는 이방인이 되고 말 것이다. 그의 고독의 원인은 결코 내 고독의 원인이 될 수 없다. 고독은 이야깃거리를 갖지 않는다. 나의 모든 고독은 하나의 원초적 이미지 속에 포함되어 있다.

그리하여 단순한 이미지라 할지라도 몽상과 추억의 명암 속에서는 중심적 화면이 되어 나타난다. 몽상가는 그의 책상에 앉아 있다. 그는 지붕 밑 방에 있다. 그는 촛불을 켠다. 그는 양초를 켠다. 그리하여 나는 그때 추억하며 나 자신에게로 되돌아간다. 그리고 몽상가가 그렇듯이 밤을 새는 사람이 된다. 몽상가가 연구하는 것처럼 나도 연구한다. 세계는 그와 마찬가지로 나에게도 촛불의 불꽃이 비추고 있는 어려운 책이다. 고독의 친구인 촛불은 특히 고독한 일의 친구이다. 촛불은 텅빈 독방을 비추는 것이 아니라 한 권의 책을 비추고 있는 것이다.

밤, 촛불이 비추고 있는 한 권의 책과 함께 책과 촛불이라는 두 개의 빛의 섬—정신과 밤, 그 이중의 어둠에 맞서는 것이다.

나는 연구한다! "나"는 연구한다(étudier)는 동사의 주어에 지나지 않는다.

생각한다는 것은 감히 할 수 없다. 생각하기 전에 연구할 필요가 있다. 오직 철학자만이 연구하기 전에 생각한다.

그러나 어려운 책을 이해하기도 전에 촛불은 꺼질 것이다. 그 촛불의 빛, 연구하는 삶의 그 위대한 시간을 한순간도 잃어버려서는 안 된다.

촛불을 바라보기 위해 나는 책에서 시선을 떼며, 연구하는 대신에 차라리 몽상한다.

그리하여 그때 시간은 고독한 불면의 밤에 물결친다. 시간은 지식의 의무감과 몽상의 자유, 고독한 인간의 너무나 거침없는 자유 사이에 물결친다.

내가 사고와 몽상의 이러한 물결치는 운동을 시작하기 위해서는 촛불 아래서 밤을 새우는 사람의 이미지를 갖는 것만으로도 충분하다. 그렇다. 이미지의 중심에 있는 몽상가가 고독의 원인, 인생의 배신 등 거리가 먼 이야기를 한다면 나는 혼란에 빠지고 말 것이다. 아아! 그런 것이라면 나 자신의 과거만으로도 나를 귀찮게 하기에 충분하다. 그러니 타인들의 과거 따위는 필요 없다. 그러나 나의 이미지를 다시 색칠하기 위해서는 타인들의 이미지가 필요하다. 나는 작은 불빛 아래서 나의 일을 추억하기 위해, 나도 일찍이 촛불의 몽상가였음을 추억하기 위해 타인들의 몽상을 필요로 하는 것이다.

3

불꽃의 수직성

1

우리를 가볍게 하는 몽상 가운데서도 아주 유효하며 단순한 것은 높이의 몽상이다. 모든 직립한 사물들은 천정(zénith)을 가리키고 있다. 직립한 형태는 솟아오르고, 우리를 그 수직성에 실어 데려간다. 현실의 정상을 정복한다는 것은 스포츠적인 장한 일에 그치는 것이다. 꿈은 더욱 높이 올라가며, 수직성의 피안에까지 우리를 데려간다. 직선적이고 수직적인 존재를 앞에 둔 수직성의 결합에서 많은 비상의 꿈이 태어난다. 탑 가까이, 나무 가까이에서 높이의 몽상가는 하늘을 꿈꾼다. 높이의 몽상은 수직성의 본능, 공동생활과 평평하게 수평적인 생활의 의무에 억눌린 본능을 양육한다.

인간을 수직화시키는 몽상은 여러 몽상들 가운데서도 인간을 가장 해방시키는 몽상이다. 잘 꿈꾸기 위해서는 다른 곳을 꿈꾸는 것만큼 확실한 방법은 없다. 그러나 다른 곳 가운데서도 가장 결정적인 것은 위쪽에 있는 다른 곳이 아닐까? 위쪽이 아래쪽을 잊어버리고 제거해버린 꿈. 수직적인 사물의 천정에 살며 수직성의 몽상을 쌓음으로써 우리는 존재의 초월을 알게 된다. 수직성의 이미지는 우리를 가치의 지배 아래 들어가게 한다. 상상력을 통하여 직선적인 사물의 수직성과 일체가 된다는 것은 상승하는 힘의 은혜를 받는 것이다. 또 그것은 아름다운 형태, 자신의 수직성을 보증하는 형태에 사는 숨어 있는 불을 나누어 가지는 것이다.

나는 일찍이 졸저 《공기와 꿈》[1]의 한 장에서 이와 같은 수직성의 주제를 상세하게 논한 바 있다. 그 장을 참조한다면, 불꽃의 수직성에 대해 당면한 몽상의 배경을 모두 볼 수 있을 것이다.

2

대상이 단순하면 할수록 몽상은 커진다. 고독한 사람의 책상 위에서 촛불의 불꽃은 수직성에 대한 모든 몽상을 준비한다. 불

---

1 《공기와 꿈(L'Air et Les Songes)》, 제1장 · 제4장(Corti).

꽃은 꼿꼿하고 약한 수직이다. 한 번의 입김이 불꽃을 흐트러지게 하지만 그것은 다시 곧바로 선다. 일종의 상승하는 힘이 그 마력을 회복시키는 것이다.

> 촛불은 고고하게 타며, 그 주홍빛은 불끈 일어선다.[2]

이렇게 트라클[1)]의 한 시구가 말하고 있다.

불꽃은 생명이 깃들어 있는 수직성이다. 모든 불꽃의 몽상가는 불꽃이 살아 있다는 것을 알고 있다. 그것은 자신의 수직성을 예민한 반사 작용으로 지킨다. 연소에 지장이 생겨 천정으로 비약하는 데 방해를 받으면 불꽃은 바로 반사 작용을 한다. 수직화의 의지를 가지고 불꽃 앞에서 교훈을 얻게 된 몽상가는 그 자신도 다시 곧바로 서야 함을 배운다. 그는 높이 타오르며 온 힘을 다하여 열정의 꼭대기까지 가고자 하는 의욕을 되찾는 것이다.

그러므로 촛불이 잘 타오르는 시간은 얼마나 위대하고 아름다운가! 길게 뻗치며 끝이 뾰족해지는 불꽃 속의 무어라 말할 수 없는 생명의 미묘함! 삶과 꿈의 가치가 그때 결합하는 것이다.

---

2 《독일 사화집(詞華集/Anthologie de La Poésie Allemande)》, 제2권(Stock), p. 109.

1) Georg Trakl(1887~1914) : 오스트리아 출신으로 초기 표현주의를 대표하는 시인이다. 죄와 절망 의식을 기조로 한 시를 남겨 독일 현대시에 깊은 영향을 끼쳤다. 보들레르, 랭보, 베를렌, 휠덜린 등을 좋아했고 음독 자살로 삶을 마감했다. 《시집》(1913), 《꿈속의 세바스찬》(1914) 등 시집을 남겼다.

한 줄기 불! 사람들은 과연 향기롭게 하는 모든 것을 알고 있을
까?[3]

시인은 이렇게 말하고 있다. 그렇다. 불꽃의 줄기는 아주 곧고
연약해서 꽃과 같다.

그리하여 이미지와 사물은 서로 미덕을 교환한다. 불꽃의 몽
상가의 방은 전체적으로 수직성의 분위기를 띤다. 부드러운, 그
러나 확고한 역동성이 몽상을 정점으로 끌고 간다. 사람들은 심
지를 둘러싸고 있는 내적 선풍에 흥미를 가질 수 있으며, 불꽃의
가운데에서 어둠과 빛이 싸우고 있는 소용돌이를 볼 수도 있다.
그러나 모든 불꽃의 몽상가는 자신의 꿈을 정점으로 끌어올린다.
불이 빛이 되는 것은 바로 그곳이다. 빌리에 드 릴라당[2]은 《이지
스》라는 작품 제1장의 제사(題詞)로 다음과 같은 아라비아의 속
담을 채용하고 있다. "관솔불은 자기 밑을 비추지 않는다."

가장 큰 꿈이 있는 곳은 꼭대기다.

존재의 몽상가에게 불꽃은 피안의 저편, 에테르적인 비존재
쪽으로 몸을 뻗치고 있는 것처럼 보일 만큼 본질적으로 수직이

---

3 에드몽 자베(Edmond Jabès), 《말은 묘사한다(Les Mots Tracent)》, p. 15.

2) Villiers de l'Isle-Adam(1838~1899) : 프랑스의 시인·극작가·소설가. 당대의
제도와 풍습에 대한 도전적인 경멸, 돈에 의한 정신의 말살을 날카롭고 고매
한 필치로 공격했다. 1883년에 출간한 《잔인한 이야기(Contes cruels)》는 문
학의 새로운 가능성을 보여준 작품집으로 프랑스 문학사에 기록되어 있다. 주
요 작품으로 《이지스(Isis)》(1862), 《악셀(Axel)》(1890) 등이 있다.

다. "불꽃"이라는 제목의 어떤 시에는 이렇게 씌어 있다.

현실과 비현실 사이에 걸쳐진 불의 다리
존재와 비존재의 끊임없는 공존이여.[4]

무(無)로써, 불꽃으로써, 아아 단순히 상상한 불꽃으로써, 존재와 비존재를 연주한다는 것, 이것은 바로 철학자에게 계시받은 형이상학의 아름다운 순간이다.

그러나 모든 심오한 영혼은 그 개인의 피안을 가지고 있다. 불꽃은 모든 초월을 깨닫게 한다. 꽃 앞에서 클로델은 이렇게 자문한다. "이 소재는 어떻게 비상하여 성스러운 범주 안으로 들어가는가"[5]라고.

예전적(禮典的) 주제를 생각한다면 불꽃의 상징주의에 관한 자료를 발견하기란 아주 쉬운 일일 것이다. 그때 우리는 지식과 마주해야만 한다. 우리는 상징주의의 윤곽을 그리는 것만으로도 충분한 이 작은 책의 의도를 넘어서게 될 것이다. 불의 표징 밑에 놓여 있는 상징의 세계로 들어가고자 하는 사람은 칼 마르틴 에즈먼의 대작 《성스러운 불(Ignis Divinus)》[6]을 읽어보기 바란다.

---

4 로제 아슬리노(Roger Asselineau), 《시선집(Poésies Incomplètes)》(Éd. Debresse), p. 38.

5 Paul Claudel, 《눈은 듣는다(L'Oeil Écoute)》, p. 134.

6 Carl-Martin Edsman, 《성스러운 불》(Lund, 1949), 같은 저자의 《불의 세례 (Le Baptême du Feu)》(Uppsala, 1940).

3

서장에서 우리는 지식에 대한 모든 배려, 불꽃의 현상에 대한 모든 과학적 내지는 의사과학적(擬似科學的) 실험을 멀리했다. 우리는 상상하는 몽상, 고독한 몽상가의 것인 몽상의 동질성 속에 머물기 위해 최선을 다했다. 불꽃을 깊이 꿈꿀 때, 한 사람이 동시에 두 사람일 수는 없다. 괴테와 에케르만이라는 스승과 제자가 공동으로 이룩한 저 천진난만한 관찰은 어떤 사상을 마련해주는 것도 아니고, 또 과학적 탐구에 알맞은 진지한 개조도 될 수 없는 것이다. 하물며 그것은 독일 낭만주의에 얼마만큼 영향을 끼친 우주 철학에의 통로를 열어주는 것도 아니다.[7]

노발리스와 함께 사람들이 가치 물리학의 지배 아래 들어가기 위해서는 사실 물리학의 지배를 벗어나야 한다는 것을 빨리 증명하기 위해, 미노르판에 수록된 짧은 금언 Licht macht Feuer, 즉 "빛이 불을 붙인다(C'est la lumière qui fait le feu)"[8]는 말에 주석을 달아두기로 한다. 독일어로 표기하면 세 음절로 된 이 문장은 극히 훌륭한 것으로서 보통의 감각이 찢긴 상처를 곧 느끼지 못할 정도로 아주 빠른 사유의 화살이다. 모든 일상 생활은 우리에게 이 말을 거꾸로 읽도록 가르친다. 보통의 생활에서는 빛을

---

7 《괴테와 에케르만의 대화(Conversations de Goethe et d'Eckermann)》, 프랑스어판, 제1권, pp. 203, 255, 258~259.

8 앞의 책, 제3권, pp. 33.

내기 위해 불을 붙이는 것이다. 우리가 가치의 우주론에 동의할 때 비로소 이러한 도전을 정당화할 수 있을 것이다. "Licht macht Feuer"라는 세 음절의 문장은 불꽃의 현상학에서 관념론적 혁명, 제1막이다. 이것은 몽상가가 자기의 신념을 굳히기 위해 반복하는 중추적인 문장 가운데 하나이다. 몇 시간이든 계속하여 시인의 입술 위에서 이 세 음절이 반복되는 것을 나는 상상하며 듣는다.

관념론적 증거는 그것이 틀리다는 것을 모를 것이다. 빛의 관념성은 노발리스에게 불의 물질적 작용을 설명한다.

노발리스의 단장(斷章)은 계속된다. "Licht ist der Genius des Feueurprozesses(빛은 불의 과정에서 수호신이다)." 이것은 물질적 여러 요소의 시학(詩學)에서 매우 중대한 선언이다. 왜냐하면 빛의 우위성이 불에서 그의 절대적 주체로서의 권한을 끌어올리고 있기 때문이다. 그리고 불은 이미 거기에서 빛이 되는 과정의 종국에서만 참다운 존재가 될 수 있으며, 더욱이 그러한 때에 불은 불꽃의 고뇌 속에서 모든 물질성을 박탈당하기 때문이다.[9]

만약 불꽃에서 이와 같은 인과 관계의 전도(顚倒)를 읽는다면, 그 작용을 저장하고 있는 것은 첨단이라고 말해야 할 것이다. 첨단에서 정화된 빛은 심지 전체에 내려앉는다. 그때 빛은 상승하는 불꽃의 존재를 결정하는 참다운 동력이 된다. 그 행위 자체에

---

9 《백과사전》의 필자는 (p. 184 "불"의 항목에서) 다음과 같이 쓰고 있다. "밝고 생기 있는 불꽃은 벌겋게 달아오른 숯불보다 더 많은 열을 낸다."

서 사실을 뛰어넘고 상승하는 자기의 존재를 발견하는 가치를 이
해한다는 것, 이것이야말로 노발리스의 관념화하는 우주론의 원
리 자체이다. 모든 관념론자들은 불꽃에 대해 명상하면서 동일한
상승적 자극을 발견한다. 클로드 드 생 마르탱[3]은 이렇게 쓰고
있다.

"정신의 운동은 불의 그것과 같으며, 자기를 고양시킨다."[10]

4

노발리스가 불꽃의 수직성에 대해 언급한 단장을 모두 정리해
보면, 대우주에서 똑바로 선 모든 것, 수직적인 모든 것은 하나
의 불꽃이라고 말할 수 있다. 동적인 표현을 빌리자면 이렇게 말
할 수도 있다. 즉 상승하는 모든 것은 불꽃의 역동성을 가지고
있다, 라고. 그의 환위명제(換位命題)는 강도가 다소 약할 뿐 아주
명백하다. 노발리스는 이렇게 쓰고 있다.

"촛불의 불꽃 속에서는 모든 자연의 힘이 활동하고 있다(In der
Flamme eines Lichtes sind alle Naturkräften tätig / Dans la flamme d'une

---

3) Claude de Saint-Martin(1743~1803) : 프랑스의 철학자로 "코레스퐁당스"의
   사상을 전개한 《욕망의 인간》이라는 저서를 남겼다.
10 클로드 드 생 마르탱, 《새로운 인간(Le Nouvel Homme)》(1796), p. 28.

chandelle, toutes les forces de la Nature sont actives)."[11]

불꽃은 동물적 삶의 존재 그 자체를 구성한다. 노발리스는 이 것을 역으로 "불꽃의 동물적 본성(La nature animale de la flamme)"[12] 이라 쓰고 있다. 불꽃은 어떤 점에서 벌거벗은 그대로의 동물성 이며 일종의 극단적인 동물이다. 그것은 더할 나위 없는 대식가 (des Gefrässige)이다. 이와 같은 아포리즘들이 그의 작품 전체에 흩어져 있는 단장(斷章)이 되고 있다는 것은 신념의 직접적인 성 격을 보여준다. 이것들은 사람이 깊은 몽환 상태를 체험하여 성 찰하기보다는 오히려 몽상을 통하여 증명할 수 있는 몽상의 진실 이다.

각각의 생명계는 그때 특수한 불꽃의 한 유형이 된다. 메테르 링크가 번역한 일부분 가운데서 우리는 다음과 같은 글을 읽을 수 있다.

"나무는 꽃 피는 불꽃에 지나지 않으며, 인간은 말하는 불꽃, 동물은 떠돌아다니는 불꽃에 지나지 않는다."[13]

---

11 노발리스, 《사이스의 사도들(Les Disciples À Saïs)》, 미노르(판), 제2권(Iéna, 1927), p. 37.

12 앞의 책, 미노르(판), 제2권, p. 206.

13 살아 있는 모든 것이 불꽃의 배설물로 표현된 특이한 페이지를 참조할 것. 우 리는 연소하는 존재의 찌꺼기에 지나지 않는다(앞의 책, 미노르(판), 제2권, p. 216). 《동서시편》(앙리 리크탕베르제(역), p. 267)에서 괴테는 다음과 같 이 쓰고 있다.
  "난로의 민첩한 불꽃에 미완성으로, 동물과 식물의 즙액이 동화된다."

폴 클로델은 노발리스의 이 문장을 읽어보지 못한 것처럼 보이는데도 그와 비슷하게 쓰고 있다. 그에게 생명이란 불이다.[14] 생명이란 식물 속에서 연료를 준비하여 동물 속에서 연소된다. "식물 혹은 연료의 제조. 자기 자신을 키우는 양식을 공급하는 동물"이라고 클로델은 소설을 준비하는 요약에서 말하고 있다. "식물이 '연료'로 정의된다면 동물은 타는 질료이다."[15] "동물은 그 형태가 내보여주는 에너지를 공급하는 것을 태우면서 스스로 그 속에 들어가 불의 굶주림을 채울 수 있는 것을 얻음으로써 그 형태를 유지한다."[16]

노발리스와 클로델에게 똑같이 나타난, 금언 형식으로 된 이러한 우주론의 독단적 상태는 아직도 지식의 철학자들을 멀리할 것이다. 이와 같은 아포리즘이 시학(詩學)의 테두리 안에서 받아들여진다면 이야기는 달라질 것이다. 여기서 불꽃은 창조다. 그것은 우리에게 시적 직관을 넘겨 세계의 타오르는 생명에 관여하게 한다. 불꽃은 그때 하나의 살아 있는 실체가 되며 시화(詩化)하는 실체가 된다.

실로 다양한 존재들이 불꽃으로부터 자신들의 실사(實詞/ substantif)를 얻고 있다. 그것을 특수화하기 위해서는 하나의 형용사만 필요하다. 성급한 독자는 거기에서 문체의 장난만을 보게

---

14 Paul Claudel, 《시법(詩法/L'Art Poétique)》, p. 86.
15 앞의 책, p. 92.
16 앞의 책, p. 93.

될 것이다. 그러나 그가 "시인 철학자"의 불타는 직관을 함께 나누다면, 불꽃이 살아 있는 존재의 출발이라는 것을 이해하게 될 것이다. 생명은 불이다. 그 본질을 알기 위해서는 시인과 일체가 되어 스스로 불타보아야 한다. 앙리 코르뱅[4]의 말을 빌리자면, 노발리스의 표현은 명상을 백열(白熱) 상태로 이끄는 것이라고 말해도 좋을 것이다.

5

그러나 여기에 하나의 역동적 이미지가 있어 불꽃에 대한 명상은 삶을 높이며 일상적인 모든 질료가 쇠퇴하는데도 삶을 더욱 연장시키는 일종의 초생명적 비약을 발견한다. 노발리스의 단장 271은 생명으로서 불꽃, 불꽃으로서 생명의 철학 일체를 요약하고 있다.[17]

"자기 자신의 저편으로 뛰어오르는 기술은 어디에서나 최고 행위이다. 그것은 생명의 원점이며 생명의 기원이다. 불꽃이란 이러한 종류의 행위에 지나지 않는다. 그리하여 철학은 철학하는

---

4) Henry Corbin : 이슬람교 연구자로서 1963년에 《이슬람교 철학사》를 갈리마르(Gallimard)에서 냈다. 특히 〈이슬람교에서 "사랑의 신자들"에 나타난 공감과 신감응(神感應)〉이라는 논문이 유명하다.

17 노발리스, 《사이스의 사도들》, 미노르(판), 제2권, p. 259.

자가 그 자신을 철학하는 곳에서, 다시 말해 그 자신을 태워 새
롭게 하는 곳에서 비로소 시작된다.”[18]

어떤 글에서 노발리스는 “verzehren”이라는 동사의 두 가지
의미(소비하다, 성취하다)를 거의 비슷하게 사용하며, 불꽃의 행위
에서 피한정(被限定)적인 것으로부터 한정적인 것으로, 충족된
존재로부터 자기의 자유를 사는 존재로 이행하는 것을 지적하고
있다. 존재는 자기를 새로이 하기 위해 소비하고, 그렇게 함으로
써 자기에게 불꽃의 운명을 주며, 그 끝을 넘어서까지 더욱 빛나
는 초불꽃(sur-flamme)의 운명을 받아들여 자유로워진다.

그러나 철학하기 전에 어쩌면 다시 볼 필요가 있다. 다시 볼
여유가 없다면, 조용한 불꽃이 자기의 존재로부터 맨틀피스 밑으
로 보다 가볍고 보다 자유롭게 날아가는 불티들을 떨어지게 하는
난로 속의 드문 현상을 상상해볼 필요가 있다.

이와 같은 광경을 나는 몽상의 밤에 종종 보았다. 때때로 우아
한 나의 할머니는 잘 다듬어진 삼나무 부지깽이를 가지고 검은
아궁이를 따라 피어오르는 느릿한 연기를 불꽃 위에서 다시 태우
곤 했다. 게으른 사람의 불은 언제나 나무의 정수를 전부 태우지
는 않는다. 연기는 빛나고 있는 불꽃을 마지못해 떠난다. 불꽃은

---

18 니체,《이 사람을 보라(Ecce Homo)》에 덧붙은 〈시 작품〉, 알베르(역), p. 222
참조.
  “생명은 그 자신을 지고한 장애물에서 창조한다.
  이제 생명은 그 자신의 사상을 뛰어넘는다.”

94

아직 태워야 할 많은 것을 지니고 있다. 인생에서도 이와 마찬가지로 다시 한번 태워야 할 많은 것이 있는 법이다!

초불꽃이 다시 일어나면 "보아라, 애야" 하고 할머니는 내게 말하곤 했다. 할머니는 또 "이것이 불의 새란다"라고 했다. 그러나 할머니의 말보다도 언제나 멀리까지 꿈꾸는 나는 이러한 불의 새들이 장작의 중심이나 나무껍질 밑에, 연한 나뭇가지의 감추어진 곳에 자신들의 둥지를 가지고 있다고 생각했다.

새둥지를 떠받치고 있는 저 나무는 성장의 과정에서 이러한 아름다운 불의 새들이 집을 짓는 내면의 둥지를 준비했던 것이다. 큰 난로의 열기 속에서 드디어 알을 깨고 나는 시기가 온 것이다.

계속 타기 위하여 자기 자신을 뛰어넘는 불꽃, 그 원초적 이미지가 만약 진실한 이미지가 아니라면, 나는 나 자신의 몽상이나 먼 옛날의 추억 등을 말하는 것을 주저할 것이다. 자기 위를 날고 그 첨단을 넘어, 그 최초의 비약을 넘어 새로운 비약을 붙잡는 불꽃, 그것을 샤를르 노디에도 보고 있다. "조금 전까지 타오르던 불의 재가 식어버렸을 때, 횃불이나 촛대 위를 날아오르는 그러한 꿈의 불"에 대해 그는 말하고 있다.

보다 오래 살아 남아 날아오르는 이러한 불꽃은 노디에에게 비유를 보여준다. 그는 "관솔불 위의 보다 순수한 빛을 실현하는 불처럼 사회적 세계 위에 사랑만이 살아 있었던"[19] 시대에 대해서 말하고 있다.

노발리스 같은 몽상가에게 동물화된 불꽃은 하늘을 나는 것이기에 한 마리 새인 것이다.

> 그대는 불꽃 속에서가 아닌
>
> 어디서 새를 잡는가?[20]

젊은 시인은 이렇게 묻고 있다.

그리하여 촛불 앞에서의 몽상과 유희 속에서 저 가정적인 불사조, 재 속에서가 아닌 연기 속에서 다시 태어나는 것이기에 모든 것 가운데서 에테르적인 불사조를 나는 잘 알게 된 것이다.

그러나 드물게 보는 이미지의 밑바탕에, 영혼을 터무니없는 몽상으로 가득 채운 이미지의 밑바탕에 하나의 드문 현상이 있을 때, 누가 무엇으로써 그것을 실재하는 것으로 만들 수 있을까?

물리학자는 대답할 것이다. 패러데이[5]는 촛불의 김에 불을 붙이는 실험을 강연의 주제[21]로 삼지 않았던가, 라고. 패러데이는 야간 강의와 《촛불의 역사》라는 책에서 이것을 이야기했다. 이

---

19 Charles Nodier, 《전집(Oeuvres Complètes)》, 제5권, p. 5.

20 피에르 가르니에(Pierre Garnier), 《로제 툴루즈(Roger Toulouse)》, 카이에 드 로슈포르, p. 40.

5) Michael Faraday(1791~1867) : 영국의 물리학자이자 화학자. 1823년에 염소의 액화, 1825년에 벤젠을 발견했고, 1831년에 전자감응 현상과 전류의 자기감응 현상을 발견하는 등 화학사에 중요한 업적을 남겼다.

21 패러데이, 《촛불의 역사(Histoire d'une Chandelle)》, 프랑스어판, p. 58.

실험에 성공하기 위해서는 촛불을 조용히, 아주 조용히 끌 필요가 있다. 그리고 심지를 건드리지 않고 촛불의 김에, 오직 그 김에만 불을 붙여보는 것이다.

그리하여 반은 알고 반은 꿈꾸면서 나는 말한다. 패러데이의 실험을 성공시키기 위해서, 사실 현실의 사물은 그렇게 오랫동안 꿈꿀 수 없기에 빨리 불을 붙여야 되는 것이라고. 빛이 잠들도록 내버려두어서는 안 된다. 서둘러 그것을 일깨울 필요가 있다.

4

식물적 생명에서 불꽃의 시적 이미지

1

각각의 사물에서 형태를 떠받들고 있는 힘에 대해 얼마간 생각해본다면, 모든 수직의 존재를 지배하는 것이 불꽃임을 쉽사리 상상할 수 있을 것이다. 특히 불꽃은 직립하는 생명의 동적 요소이다. 우리는 앞에서 "나무는 꽃 피는 불꽃에 지나지 않는다"라는 노발리스의 말을 인용한 바 있다. 앞으로도 계속해서 이러한 주제에 대해 시인들의 상상력 속에 끊임없이 태어나는 이미지를 상기하면서 주석을 달아보기로 한다.

시적 상상력의 공적을 말하기 전에, "비교는 이미지가 아니다"라는 말을 다시 언급해야겠다. 블레즈 드 비주네르는 나무를 불꽃에 비교할 때, 사실상 식물 용어와 불꽃 용어를 일치시키는 데 정말로 성공하지 못한 채 단어들만을 이어놓았을 뿐이다. 그러니 우리에게는 다소 장황한 비교의 좋은 예라고 생각되는 것을 인용해보기로 하자.

비주네르는 촛불의 불꽃에 대해 말한 다음 이어서 나무에 대해 다음과 같이 말하고 있다.

"(불꽃과) 동일한 선을 따라 그것은 땅 속에 뿌리를 박고, 촛불이 왁스나 밀랍이나 무슨 기름 따위에서 양분을 빨아들여 타오르는 것처럼 땅 속에서 그 양분을 섭취한다. 즙이나 수액을 빨아들이는 줄기는 촛불이 스스로 끌어당긴 액체로 자신을 유지하는 것과 같으며, 흰 불꽃에 해당하는 것은 이파리들을 달고 있는 큰 가지와 가느다란 가지들이다. 그리고 나무의 마지막 목표인 꽃과 열매는 모든 것이 거기에 환원되는 흰 불꽃이다."[1]

길게 전개되는 이러한 비교를 세밀히 훑어본다 할지라도 우리는 꽃 피는 나무의 타는 듯한 폭발을 훨씬 능가하여 준비하는 그 무수한 화성(火性)의 비밀 가운데 어느 한 가지도 결코 잡아내지 못한다.

그리하여 우리는 시인들을 따라가면서 원초적인 시의 이미지를 붙잡기 위해 노력하고자 한다. 이러한 이미지는 진정 경탄할 만한 한 부분, 한 줄의 살아 있는 시(詩)의 싹, 우리가 우리 안에 살릴 수 있는 시로부터 태어난다.

---

1 패러데이, 《촛불의 역사》, 프랑스어판, p. 7.

2

불꽃의 이미지가 식물 세계의 진실을 말하기 위해 시인에게 모습을 드러낼 때, 그 이미지는 한 줄의 문장에 담겨야 한다. 그것을 설명하고, 또 부연한다는 것은 불의 강렬함과 초록빛의 끈질긴 잠재력이 결부된 상상력의 비약을 둔하게 하며 억제시키는 것이 될 것이다. 식물적 불꽃을 말하고 묘사하는 "이미지-문장(images-phrases)"은 본다든가 말을 한다든가 하는 유의 관습 속에 잠들어 있는 상식에 대항하여 논쟁을 벌이는 행위이다. 그러나 상상하지 않는 사람들과의 논쟁은 실로 시간 낭비에 지나지 않는 만큼, 상상력이란 새로운 이미지를 얻었을 때만 세계의 진실을 명료하게 파악하는 것이 된다. 오히려 상상하는 사람이 비슷하게 상상하는 또 다른 사람에게 말을 걸어 식물적 생명에서 불꽃에 관한 참신한 문장을 끊임없이 말하는 편이 좋다.

그리하여 결정적인 이미지의 지배가, 시적 결정의 지배가 시작되는 것이다. 시는 모든 것의 시작이다. 우리는 새로운 표현의 의욕이 넘치는 이미지-문장을 시적 센텐스(sentences poétiques)라는 이름으로 부를 것을 제안한다. 단장(fragments) 작가들이 사용하는 단장이라는 이름은 그들의 문장을 그릇되게 만든다. 그 응축 속에서 힘을 발견하는 이미지에서는 부서지는 것은 아무것도 없다.

독단적인 상상력의 아름다운 문장 사전, 시인들이 심는 모든 불꽃의 식물에 관한 식물학 저서를 통해 사람들은 시인과 세계의 대화를 읽을 수 있다. 의식적으로 기발한 많은 이미지들에 질서를 부여한다는 것은 언제나 어려울 것이다. 그러나 때때로 두 개의 상반되는 양식을 아주 훌륭하게 결부시키는 수도 있다. 가령 다음과 같은 두 개의 시적 센텐스를 비교해볼 때, 빅토르 위고와 발자크가 몽상의 똑같은 식물학자의 부류에 속한다는 인상을 얼마든지 가질 수가 있다.

모든 식물은 하나의 램프다. 그 향기는 빛이다.[2]
모든 향기는 공기와 빛의 화합물이다.[3]

말할 것도 없이 발자크의 미학에서 공기와 빛의 이상한 합성을 꼭대기의 꽃 속에서 실현하는 것은 식물이다.

일종의 보들레르적 교감이 위쪽, 마치 꼭대기의 여러 가치가 밑바탕의 가치를 뒤흔드는 것처럼 활발하게 나타난다.

이와 같은 향기와 빛의 교감을 두 방향에서 경험하는 몽상가들은 한 줄기 부드러운 빛에 가치를 부여하는 다음과 같은 "사유"를 신념을 가지고 읽는다. "어떤 나무들은 무지개에 흔들릴 때, 향기가 보다 짙어진다."[4]

---

2 빅토르 위고, 《웃는 사람(L'Homme qui rit)》, 제2권, p. 44.
3 발자크, 《루이 랑베르(Louis Lambert)》, 제2판, p. 296.
4 라 샹브르 공(Le sieur de La Chambre), 《이리스》, p. 20.

3

시적 센텐스보다 더 응축된 것으로 우리는 어떤 종류의 드문 시인으로부터 "이미지-싹(image-germe)", "싹-이미지(germe-image)", 이미지의 싹 자체를 잡아낼 수 있다. 다음에 예로 드는 것은 나무의 내부에서 타고 있는 불꽃의 한 예증―타오르는 생명의 전적인 약속―이다. 루이 기욤[1]은 "늙은 참나무"[5]라는 제목의 시에서 단 세 마디 말로 우리를 몽상에 잠기게 한다. 그는 참나무라는 커다란 나무를 찬양하기 위해서 "수액의 화형주(Bûcher de sèves)"라고 말한다.

"수액의 화형주", 이것은 이전에는 없었던 말로서 세계를 시로 생각하는 새로운 언어의 성스러운 씨앗이다. 그래서 시적 센텐스는 독자의 생각에 맡길 뿐이다. 나무들의 왕이라 할 수 있는 참나무에 불의 힘을 주고 있는 이 화성(火性)의 수액을 생각하면서 사람들은 무수한 시적 센텐스를 꿈꿀 것이다. 나로 말하면, 시인의 선물이 생성시킨 낡은 이미지들로부터 깨어나, 가령 라오콘[2]처럼 고통에 몸을 비트는 위대한 존재의 위대한 이미지를 떠

---

1) Louis Guillaume(1907~1971) : 프랑스의 시인으로서 바다의 이미지를 깊이 있게 쓴 시편을 많이 남겼다. 주요 시집으로 《서양》(1936), 《완전한 부재》(1946), 《작은 집》(1951) 등이 있다. 제1회 막스 자코브 상을 수상했다.

5 루이 기욤, 《밤은 말한다(La Nuit Parle)》, 쉬베르비(판), p. 28.

2) Laokoon : 그리스 신화에 나오는 인물로 트로이의 왕자이며, 아폴론 신전의 신관이다.

나 위로 올라가며 타오르는 수액에만 골몰함으로써 나무가 불의
그릇이라고 느끼는 것이다. 더욱이 시인은 하나의 큰 운명을 이
참나무에게 고하고 있다. 이 참나무는 몸의 모든 섬유질 속에서
화형의 불꽃 안에서 신격화를 준비하고 있는 식물적 헤라클레스
이다.

　적대적인 여러 힘의 이와 같은 마디에서 우주적인 모순의 세
계가 태어나는 것이다. 루이 기욤은 세 마디 말로써 물과 불을
연결시키고 있다. 이것이야말로 언어의 위대한 승리다. 오직 시
적 언어만이 이와 같은 위대함을 가질 수 있다. 우리는 이제야
진실로 자유롭고 창조적인 상상력의 영역·안에 있는 것이다.

　　4

　때때로 이러한 이미지의 싹은 금방 터질 것 같다. 그것은 단숨
에 그 위력의 극한에까지 간 것이다. 가령 장 코베르는 단 하나
의 이미지로써, 정원의 어떤 나무보다도 곧게 서 있는 존재, 고
독한 분수에게 불꽃의 의미를 부여하고 있다. "코베르의 분
수"—창조된 것이 아닌 하나의 이미지에 이름을 부여하는 것은
큰 특권이다—는 나에게 힘찬 물의 불꽃이며, 그 높이의 극한,
그 직립 작용의 극점에까지 치솟아 올라가는 불이다.

저녁놀이 질 때

돌 틈에서

외로운 분수가 타오르는

정원이 있다.[6]

시인은 우리에게 언어의 커다란 기쁨을 준다. 그로 인해 우리는 저 4원소들의 상이함을 뛰어넘는다. 물은 불타고 있다. 물은 차지만 강하다. 그러므로 그것은 타고 있는 것이다. 그것은 일종의 자연적 초현실주의 속에서 상상적 불의 효과를 받아들이는 것이다.

이 분수의 불꽃이라는 즉각적인 초현실주의(sur-réalisme)에서는 어느 것 하나 의도적인 것이 없으며, 또 작위적인 것도 없다. 장 코베르는 그 이미지의 초현실성을 단 한 마디 말 속에 집중시켰다. 여기서 비현실화와 초현실화를 동시에 보여주는 것은 "타오르다(brûle)"라는 말이다. 그리하여 이 말은 작품 속에서 저녁놀의 우수를 뒤엎어버렸다. 획득된 이미지는 그때 창조적 우수의 한 증거이다.

분수와 불꽃, 나무와 불꽃의 융합에서 볼 수 있는 것과 같이 아주 다른 형태 속에 갇혀 있는 대상의 결합, 이와 같은 융합은 산문의 언어에서는 거의 표현되지 않는다. 그 때문에 시는 시 작품으로서의 유연성, 시적 변용이 필요한 것이다. 송가는 이미지

---

6 Jean Caubère, 《사막(Déserts)》(Éd. Debresse), p. 8.

의 존재를 사로잡고, 또 그것을 송가의 대상으로 삼음으로써 송가적 사물이 된다. 다시 말하면 송가, 그것은 통합하는 힘이다. 멕시코의 시인 옥타비오 파스[3]는 이것들을 잘 분간하여 아주 정확하게 다음과 같이 쓰고 있다. 송가는 동시에 "불의 포플러이며 분수이다"[7]라고.

여기에서 시인은 하나의 삽입구를 생각해내는 것—늘씬한 나무의 불꽃과 분수의 완전한 수직적 불꽃을 결합시키는 시적 센텐스를 쓴다는 시적 기쁨—을 독자의 재량에 맡긴다. 우리 시대의 시인들과 함께 우리는 수다를 떨지는 않으나 원초적인 말 속에서 항상 살아가기를 바라는 시, 갑작스런 시의 세계로 들어갔다.

그러므로 우리는 처음 듣는 말로서 시 작품에 귀를 기울여야 한다. 시는 정확하게 말하면, 말의 수준에서, 말 속에서, 말로써 만들어지는 하나의 놀라움이다.

우리는 어떤 기회를 포착하여 시의 자립적 가치에 대한 우리의 정열을 말하고자 한다. 그러나 지금은 빛과 불꽃의 열매의 유사성에 대해 보다 단순한 예로 접근하여, 불꽃의 식물적 이미지에 관한 좀더 분명한 연구 계획으로 되돌아가야 한다.

---

3) Octavio Paz(1914~1998) : 현대 멕시코의 대표적 시인으로 초현실주의 운동에 적극적으로 가담, 새로운 시 세계를 구축했다. 《돌과 꽃 사이》는 그의 걸작 시편으로 알려져 있으며, 《독수리 또는 태양?(Aigle ou Soleil?)》(1958), 《태양의 돌》(1962) 등의 시집이 있다.

7 옥타비오 파스, 《독수리 또는 태양?》, p. 83.

5

"하나의 나무는 나무 이상의 것이다"라고 어떤 시인은 말한다.[8]

그것은 자기 존재의 가장 귀중한 빛을 향해 올라가는 것이고, 그리하여 많은 시 작품에서 볼 수 있는바, 열매를 달고 있는 나무들이 램프를 지닌 나무가 되는 것이다. 이미지는 그때 정원의 시 속에서 아주 자연스런 것이 된다. 여름날 왕성한 발엽기에 일어나는 이와 같은 빛은 불의 양식이다. 디킨스의 작중 인물 가운데 한 사람은 어린아이였을 때 이렇게 생각했다고 털어놓는다. "새들의 눈이 반짝이는 것은 빨갛고 반들반들한 장과(漿果/baie)를 먹기 때문이다."[9]

마티스의 그림에 대한 〈빛의 시〉라는 강연에서 아르센 소레유는 동양의 시인이 쓴 시구를 인용했다.

"오렌지는 정원의 등불이다."

소레유는 또 마르셀 티리(Marcel Thiry)를 인용하고 있다.

사과나무에서 과일이 램프처럼 반짝이는 것을 본다.

---

8 질베르 소카르(Gilbert Socard), 《세계에 충실함(Fidèle Au Monde)》, p. 18.
9 Dickens, 《유령 인간 또는 계약(L'Homme au Spectre ou Le Pacte)》, 아메데 피쇼(Amédée Pichot)(역), p. 19.

그러나 이와 같은 이미지는 간결하고 궁극적이어서, 나무 속 생명의 즙액에서 불과 불꽃의 물질로 변형되는 것을 보려는 긴 몽상을 따라가지는 못한다.

8월의 태양이 최초의 수액에 작용할 때, 불은 천천히 포도송이에게 다가간다. 포도는 빛난다. 포도송이들은 넓은 잎사귀 밑에서 반짝이는 샹들리에가 된다. 포도나무의 부끄러운 잎들이 먼저 했어야 할 일은 포도송이들을 감추는 것이다.

불의 상승과 빛의 상승, 이 두 개의 이미지 사이에서 우주적인 몽상의 시인들은 선택을 한다. 청춘 시절 라실드[4]에게 포도나무는 씩씩한 줄기로 땅 속의 모든 불을 빨아올리고, "화산의 강렬함으로 길러진 저 악마적 당분"[10]을 포도송이에게 보내주는 것이다.

인간의 도취가 포도나무의 광기를 완성시킨다.

각각의 나무에서 어떤 시인은 세 가지 운동의 결합을 말한다.

　　　샘의 나무, 솟아오르는 나무, 불의 아치[11]

새싹 속에 불을 가지고 있는 나무들도 있다. 다눈치오에게 월

---

4) Marguerite Eymery Rachilde(1860~1953) : 프랑스의 여류 작가로서, 공쿠르나 위스망스류의 자연주의 경향을 띤 소설가이다. 특히 이상적인 심리 세계를 잘 묘사했다. 주요 작품으로 《성(性)의 시간》(1898), 《그리운 탑》(1914) 등이 있다.

10 라실드, 《중단편집》(Le Mercure de France, 1900), p. 150.

11 옥타비오 파스, 《독수리 또는 태양?》, p. 77.

계수는 그 줄기를 잘라내어도 곧 "푸른 불씨"[12]의 싹들로 뒤덮일 만큼 아주 뜨거운 나무이다.

6

　노발리스적 몽상가는 식물적 세계에 대한 시학의 금언 가운데 하나로서 다음과 같은 정의를 쉽사리 받아들일 것이다. 다시 말하면 꽃들, 모든 꽃들은 불꽃 — 빛이 되기를 바라는 불꽃이다, 라고.

　꽃의 몽상가라면 누구나 이와 같은 불꽃이 되기를 바라고, 그가 바라보는 일종의 초극, 현실의 초극으로써 그것을 활기차게 할 것이다. 시인으로서 몽상가는 모든 아름다움의 후광(auréole) 속, 비현실의 현실 속에 살고 있는 것이다. 색채를 통한 창조자로서 화가의 특전을 지니지 못한 시인은 회화의 위력과 겨루어볼 생각은 전혀 갖고 있지 않다. 자신의 직분을 엄밀히 따르면서 시인, 즉 말을 통해 그리는 화가는 자유의 위력이라는 것을 알게 된다. 그는 꽃을 말하고 꽃을 이야기해야 한다. 그때 그는 언어의 불꽃으로 꽃의 불꽃을 드러냄으로써 꽃이라는 것을 이해한다. 시적 표현이라는 것은 그때 모든 노발리스적 몽상가가 자신의 철학적 명상 속에서 예감했던 그 빛의 생성이다.

12　D'Annunzio, 《죽음에 대한 명상(La Contemplation de La Mort)》, 도드레 (Doderet)(역)(Calmann-Lévy), p. 59.

시인의 문제는 따라서 비현실적인 것을 현실적으로 표현하는 것이다. 그는 우리가 서론에서 지적한 바와 같이 그 존재의 명암 속에 사는 것이며, 현실에 대해 차례차례로 한 줄기 빛 또는 한 줄기 반영을 가져다주는—다시 말해 그때마다 그의 표현에 예기치 않은 뉘앙스를 주는 것이다.

그러나 시인의 재능에 따라 아주 다른 뉘앙스를 띠는 불꽃으로서 꽃에 대한 시적 표현을 몇 가지 관찰해보기로 하자.

먼저 꽃의 불꽃이 다른 곳에서 빌려온 불꽃, 저녁놀의 반영이라고 볼 수도 있는 이미지를 보기로 하자.

하늘은 저물고 마로니에 나무는 불타고 있다.[13]

장 부르데예트는 이렇게 쓰고 있다. 가을 마로니에의 높다란 잎사귀들이 저녁놀의 교향곡 속에서 자기 파트를 연주하고 있다. 그런데 작품 전부를 놓고 보면 이 나무 전체가 일종의 빛의 작용을 하고 있음을 쉽게 상상할 수 있다. 꼭대기의 불은 정원의 모든 꽃들 위에 쏟아지고 있다. 부르데예트의 시는 다음과 같은 위대한 시구로 끝난다.

달리아는 태양의 이글이글 타는 불을 지켜왔다.

---

13 Jean Bourdeillette, 《손 안의 별들(Les Étoiles dans La Main)》(Éd. Seghers, 1954), p. 21.

이와 같은 시를 내가 스스로 불태우면서 읽을 때, 태양과 나무와 꽃 사이에 "불의 통일성"을 실현하는 것이라고 나는 느낀다.

불의 통일성? 그것은 시적 표현이 세계에 준 작용의 통일성 자체이다. 같은 시인의 작품 속에서도 한층 개별화된 불꽃을 가진 꽃이 있다. 붉은 튤립은 불의 잔〔盞〕이 아닌가? 모든 꽃은 불꽃의 한 전형이 아닌가?

이 오월의
열기 속에서
몸을 비트는
구리의 튤립이여
불의 튤립이여[14]

만약 당신이 정원에 있는 튤립을 당신의 책상 위에 가져다 놓는다면 당신은 하나의 램프를 갖는 것이다. 한 송이 붉은 튤립, 다만 한 송이 튤립을 목이 긴 꽃병에 꽂아보라. 그러면 그 꽃 옆에서, 그 외로운 꽃의 고독 속에서 당신은 촛불의 몽상을 하게 될 것이다. 어떤 글에서 베르나르댕 드 생 피에르(Bernardin de Saint-Pierre)는 이렇게 쓰고 있다. "샤르댕에 따르면, 페르시아에서 젊은 남자가 연인에게 튤립을 주는 것은 그 꽃처럼 그의 얼굴이 불타고

---

14 장 부르데예트, 《꿈의 유물(Reliques des Songes)》(Seghers), p. 48.

그의 마음은 불타서 재가 되었다는 뜻을 상대방에게 전하기 위
한 것이다."[15]

사실 꽃받침 속에서 튤립이라는 불꽃의 심지는 아주 까맣다.
꽃이 조용한 램프, 드라마가 없는 불꽃일 때, 시인은 말의 행복
한 상태인 그런 말들을 발견한다.

　　조용한 램프처럼
　　파란 부채꽃(lupins)이 타고 있었다.[16]

여기에는 확실히 말의 질서 속에 있으면서 순음으로 된 음절
로 흘러가는 축축한 불꽃이 있다.

나는 거울 속의 자신을 들여다보면서 이 두 줄의 시구를 반복
해서 중얼거리는 아름답고 마음씨 착한 한 여자를 상상한다. 그
녀의 입술은 즐거워 보인다. 그녀의 입술은 조용히 꽃 피우는 법
을 배우는 것이다.

모든 꽃 중에서도 장미는 식물적 불꽃에 관한 상상력에서 진
실로 이미지의 집과 같은 것이다. 그것은 그 자리에서 납득할 수
있는 상상력의 존재 바로 그것이다.

---

15 베르나르댕 드 생 피에르, 《자연의 연구(Etudes de La Nature)》(Paris, 1791),
　　제2권, p. 373.
16 장 부르데예트, 앞의 책, p. 34.

불과 장미는 하나다.[17]

(and the fire and the rose are one.)

불과 장미가 하나인 시대를 꿈꾸는 한 시인의 시구 속에 얼마만큼의 강도가 담겨 있는 것일까!

이와 같은 이미지의 일치가 각각의 이미지에 이중적 가치를 부여하기 위해서는 그 일치라는 것이 두 가지 의미에서 작용하지 않으면 안 된다. 장미의 몽상가는 그의 난로 속에서 그대로의 한 송이 장미를 보아야 한다.

때때로 꽃들이 불타는 석탄 속에서 태어나는 것처럼 보인다. 그리하여 피예르 드 망디아르그[5)]는 다음과 같이 쓰고 있다.

제라늄의 불이 석탄을 빛내고 있다.[18]

이와 같은 적과 흑의 위대한 몽상의 기원은 도대체 무엇일까? 꽃인가 아니면 난로인가? 이 시인의 이미지는 나에게 두 번 작용

---

17 T. S. 엘리엇, 《네 개의 사중주(Quatre Quatuors)》, 피에르 레리스(역), p. 125.

5) Pieyre de Mandiargues(1909~1991) : 프랑스의 시인이며 작가. 앙드레 브르통의 마지막 제자 가운데 한 사람으로 일상적 현실을 상상력을 통해 미지의 세계로 끌어올리는 작품들을 발표했다. 《검은 박물관》(1946), 《엄청난 오류》(1948), 《이리의 태양》(1951), 《바다의 백합》(1956) 등 많은 작품을 썼다. 우리나라에는 《오토바이》라는 작품이 번역, 소개되었다.

18 피예르 드 망디아르그, 《엄청난 오류》, R. 라퐁판, p. 33.

하고 두 번 다 강하다.

모든 것은 시인의 자질에 달려 있다. 룬트크비스트[6]는 저 온화한 수레국화에 대해 "수레국화가 보리밭에서 전류처럼 일어서고, 수확하는 여자들을 용접 램프의 불꽃처럼 위협한다"고 썼다.

램프와 장미는 서로의 부드러움을 교환하고 있다. 부드러운 이미지의 소유자, 로덴바흐는 이렇게 썼다.

> 방 안의 램프는 한 송이 흰 장미다.[19]

백 개의 거울에 둘러싸인 그의 집에서 로덴바흐는 상상의 꽃을 키우고 있는 것이다. 그는 계속 다음과 같이 쓴다.

> 거울 속에 수련을 피우는 램프여.

반사되는 빛에 대한 그의 몽상은 그것으로 수직의 연못을 만들었다고 할 수 있을 만큼 우주 창조적이다. 그리하여 시인은 자기 방의 벽들을 수련 그림으로 채우고 있다. 어떤 빛 속에서도 꽃을 보며 상상하는 사람을 멈추게 하는 것은 아무것도 없다.

---

6) Ernst Gustaf Lundkvist(1851~1920) : 스웨덴의 소설가이며 극작가로서 많은 중·장편 소설과 희곡을 쓰는 한편 외국 문학 소개에도 힘썼다. 주요 작품으로 《4월》(1885), 《행복에의 길》(1910), 《왕녀》(1920) 등이 있다.

19 Georges Rodenbach, 《고향 하늘의 거울(Le Miroir du Ciel Natal)》, p. 13.

보다 강렬한 시적 기질을 가진 사람이라면 더 열정적으로 장미의 불을 말할 것이다. 다눈치오의 작품은 불타는 장미로 가득차 있다. 그의 위대한 소설《불》에서 다음과 같은 구절을 읽을 수있다.

"이 붉은 장미를 보세요! 그것은 타고 있어요. 마치 화관 속에 불이 붙은 석탄을 지니고 있는 듯해요. 그것은 정말로 타고있어요."[20]

이 글은 매우 단순하다. 성급한 독자에게는 진부하게 보일 수도 있다. 그러나 작가는 두 연인의 대화를 정열의 불 속에 나타내려 하고 있다. 붉은 꽃은 하나의 생명을 나타낼 수 있다. 몇 줄건너서 대화는 다시 계속된다.

"보세요. 점점 붉어지고 있어요. 보니파치오[7]의 비로드가 생각나지요? 같은 힘이에요. 꽃은 불은 내포하고 있어요."

그러나 또 다른 페이지에서 다눈치오가 유리 직공의 일을 좇아가는 곳에서 이미지는 반전된다. 꽃의 이름을 부르는 것은 용해된 유리이며, 그것은 이중 이미지(bi-image)라는 두 축의 상호 작용에 대한 새로운 증거이다. "만들어지는 컵이 유리를 붓는 관 끝에서 마치 색깔이 변하기 시작한 수국의 산방화서(纖芳花序/corymbe)와도 같이 장밋빛으로 혹은 파란색으로 흔들리고 있다."[21]

---

20 다눈치오,《불(Le Feu)》, 에렐르(Hérelle)(역), 칼만 레비, p. 304.

7) Bonifazio : 16세기경에 활동한 화가. 그의 그림은 베니스 박물관, 루브르 박
    물관이 소장하고 있다.

그리하여 상관적으로 불은 꽃 피고, 꽃은 불로 빛나는 것이다.

이 두 가지 계열(corollaire)은 끝없이 발전해나갈 수 있다. 색깔은 불의 현현(épiphanie)이며, 꽃은 빛의 실재화(otophanie)이다.[22]

7

꽃들의 세계 앞에서 우리는 상상력이 확대된다. 하나의 아름다운 세계의 증거로서, 저들의 아름다운 존재를 증식시켜가는 세계의 증거로서, 꽃들의 존재가 지닌 내밀성 속에 그것들을 모으는 것을 우리는 더 이상 알 수 없으며, 거의 알지도 못한다. 그렇기는 하지만 각각의 꽃들은 하나하나 빛을 지니고 있다. 각각의 꽃은 하나의 서광(aurore)이다. 하늘의 몽상가는 각각의 꽃 속에서 하늘의 색깔을 발견하는 것임에 틀림없다. 그리하여 정상의 삶을 바라면서 모든 사물 속에서 초(超)보들레르적 교감을 작동시키는 몽상은 그것을 바라는 것이다.

〈이슬람교에서 "사랑의 신자들"에 나타난 공감과 신감응(神感應)〉[23]이라는 조예 깊은 논문의 서두에서 앙리 코르뱅은 "헬리오트로프와 그의 기도"에 관해 언급하면서 프로클로스[8)]를 인용

---

21 앞의 책, p. 328.

22 다눈치오가 최초로 표현했다.

23 《에라노스 연보(Eranos Fahrbuch)》(1955), p. 199.

하고 있다.

프로클로스는 묻는다. "각각의 힘에 따라 태양과 달이라는 세계의 횃불들의 행렬에 동참하면서 헬리오트로프는 스스로 움직여 태양을 따라가려 하고 셀레노트로프는 달의 움직임을 따라가려 한다는 사실에 대해 지상의 존재와 하늘의 존재 사이 인과관계의 조화, 양자 사이의 서로 뒤바뀐 인과관계를 인정하는 것 이외에 어떤 이유를 거기에 덧붙일 수 있겠는가?"

"왜냐하면 사실 모든 사물은 자연 속에서 차지하는 서열에 따라 기도하는 것이며, 또 그것이 속한 성스러운 계열의 우두머리에 대한 찬가, 정신적인 찬가, 이성적 또는 육체적·감각적 찬가를 노래하는 것이기 때문이다. 그렇기는 하지만 헬리오트로프는 스스로 가능한 범위에서 움직이는 것이며, 또 사람들은 그것이 회전할 때 공기의 소리까지도 포착할 수 있으므로 하나의 식물이 노래할 수 있는 찬가, 헬리오트로프가 왕에게 바치는 찬가라는 것을 납득할 것이기 때문이다."

이러한 프로클로스의 문장은 어떠한 수준, 어떠한 높이에서 고찰해야 하는 것일까? 무엇보다도 그것이 먼저 하나의 높이, 어쩌면 모든 높이를 획득하기 위해서 전개되고 있음을 느낄 필요가 있다. 불, 공기, 빛에서처럼 상승하는 모든 것은 마찬가지로 성

---

8) Proclos(410~485) : 콘스탄티노플 출신의 그리스 철학자로 신플라톤 학파 최후의 한 사람이다. 인간은 사랑·진리·신앙의 실천을 통해 신과 일체가 될 수 있다고 주장했으며, 플라톤에 관한 많은 저서를 남겼다.

스러운 것을 지닌다. 펼쳐져 있는 모든 꿈은 꽃의 존재에서 없어
서는 안 될 부분이다. 꽃 피는 존재가 지닌 생명의 불꽃은 순수
한 빛의 세계를 향한 하나의 긴장이다.

그래서 이러한 모든 생성은 느릿느릿한 것의 행복한 생성이
다. 하늘의 정원에 있는 등불은 인간의 정원에 있는 꽃들과 일치
하는 확실한 불꽃, 완만한 불꽃이다. 하늘과 꽃들은 명상하는 사
람에게 느릿한 명상, 기도하는 명상을 가르쳐준다는 점에서 일치
하고 있다.

앙리 코르뱅의 글을 좀더 읽어나가면 우리는 "높이"—성스러
운 존엄성을 받아들이는—의 차원을 향해서 유감없이 자신을 열
어젖히게 될 것이다. 프로클로스에게 하늘의 색깔을 지닌 헬리오
트로프는 특별한 충실성으로 항상 자신의 절대자를 향해 돌아가
기를 기도한다. 앙리 코르뱅은 다음과 같이 《코란》의 시구를 인
용하고 있다. "각각의 존재는 그 자신에게 알맞은 기도와 찬미의
양식을 알고 있다."[24] 그리하여 코르뱅은 헬리오트로프의 향일성
(向日性/héliotropisme)이 이슬람교 "사랑의 신자들"에게는 일종의
태양 감응(héliopathie)이라는 것을 보여준다.

---

[24] 앞의 책, p. 203.

8

시인들의 이미지에 대해 아주 소박하게 몽상하면서 우리는 상상력의 어떤 작은 기적까지도 받아들였다. 시적 가치가 작용할 때 다른 가치를 끌어들이는 것은 어울리지 않는 일이며, 또 연구에 조금이나마 비평 정신을 가지고 접근하는 것도 적절치 못할 것이다. 그렇지만 이 장을 끝내기 위해 다음에 제시하는 하나의 자료만큼은 사시안으로 보게 되는 것은 어쩔 수 없는 일이다.

우리는 이 일화를 모든 자료들 중에서도 가장 진지한 책에서 차용할 것이다. 프레이저[9]는 그 어떤 서론도 주석도 없이 이렇게 쓰고 있다.

"만리 족이 말레이시아 인들과 접촉했을 때 그들은 상대방의 땅에서 하나의 붉은 꽃 간뉴(gant'gn), 말레이시아어로는 간탕(gantang)을 발견했다. 말레이시아 인들은 그 꽃 주위에 둥그렇게 모여 앉아 몸을 따뜻하게 하기 위해 그 위에 손을 뻗치고 있었다."[25]

이 일화는 계속해서 복잡하게 얽힌다. 특히 한 마리의 사슴과 한 마리의 청딱따구리가 등장한다. 전설적인 새의 총칭이라고 할

---

9) James George Frazer(1851~1941) : 영국의 유명한 민속 인류학자. 원시인·미개인·고대인의 신앙과 의식, 풍습의 기원과 발전에 대해 흥미를 가지고 동서고금의 문헌과 미개인에 관한 보고서를 비교 연구하여 문화의 본질과 발전 과정 등을 해명했다. 특히 종교와 의식을 다룬 열두 권짜리 《황금가지》(1890~1915)는 이 방면의 획기적 저서이다.

25 프레이저, 《아시아에서 불의 기원(L'Origine du Feu en Asie)》, p. 127.

수 있는 청딱따구리는 그 빛나는 깃털 속에 불을 숨겨 인간들에게 가져다줄 수 있다. 프레이저는 인간에게 이익을 주는 동물들에 대한 많은 자료를 전설 속에서 찾아내어 우리에게 제공함으로써—약간, 정말 약간이지만—민속학자가 보고하는 모든 것을 믿고 배우게 한다. 우리는 순박함의 학교에 얌전하게 들어가려 한다. 그러나 손을 따뜻하게 하기 위해 불 같은 한 무더기의 꽃 주위에 모여 앉은 저 말레이시아 인 일족의 이야기를 읽으면, 나는 아이러니의 악마에게 정신을 사로잡혀 순박함의 축을 뒤집고 만다. 그 순박한 전도사에게 불에서 꽃이 비롯된다는 이와 같은 코미디를 보여주었을 때, 그들 선량한 야만인들의 눈은 얼마나 깜찍한 장난기로 빛났을 것인가!

5

램프의 빛

1

우리가 친근한 사물들과 함께 살아가는 체험이 귀결시키는 것은 유연한 삶이다. 그것들 가까이에서 우리는 과거를 지닌, 더 나아가서는 그때마다 신선함을 되찾는 몽상을 다시 붙잡게 되는 것이다. 사람들이 애착을 갖는 물건들의 그 좁은 장식장이나 장롱 속에 놓여 있는 사물들은 몽상의 부적이다. 그 사물들을 환기시키면 그것들의 이름에 힘입어, 사람들은 아주 먼 옛날 이야기를 꿈꾸면서 날아간다. 그러므로 그 낡은 이름들이 대상을 바꾸어 저 오래된 장롱 속의 훌륭하고 해묵은 물건과는 전혀 다른 사물과 결부될 때, 그때의 몽상은 얼마나 비참하겠는가!

지난 세기의 사람들은 램프라는 말을 오늘날과는 다른 입술
모양으로 말했다. 말의 몽상가인 나에게 전등이라는 말은 웃음을
자아낸다. 전등은 소유형용사[1]를 붙여서 부르기에 충분할 만큼
친근하다고 결코 말할 수 없다. 옛날 사람들이 "나의 램프"라고
말했던 것과 같이 누가 지금 "나의 전등"이라고 말할 수 있을까?
아아! 우리의 물건에 대해 느꼈던 정겨움을 그처럼 강하게 표현
했던 소유형용사들이 이렇게 쇠퇴했는데 앞으로 어떻게 몽상해
야 할 것인가?

전등은 기름으로 빛을 내는 저 살아 있는 램프에 대한 몽상을
우리에게 결코 주지 못할 것이다. 우리는 관리를 받는 빛의 시대
에 들어섰다. 우리의 유일한 역할은 전등의 스위치를 켜는 일뿐
이다. 우리는 기계적인 동작의 기계적인 주체 이외에 다른 아무
것도 아니다. 정당한 긍지를 가지고 점화한다는 동사의 주어가
되는 그 행위를 누릴 수가 없다.

《하나의 우주론을 향하여》라는 아름다운 책에서 외젠 민코프
스키[1)]는 "나는 램프를 켠다"[2]라는 제목으로 한 장을 쓰고 있다.

---

1 장 드 보셰르는 하나의 등불 대신에 전등이 성모의 얼굴을 숭배하고 있는 광
   경을 빈정댄다. 등불은 눈동자가 아닌 것이다. "하나의 등불은 그 기름의 검은
   눈〔眼〕 속에서 불타야만 하는 것이다."(《마르트와 참가자》, p. 221 참조) 전등
   은 눈동자를 갖고 있지 않다.

1) Eugène Minkowski(1885~1972) : 러시아에서 태어나 프랑스에서 활약한 정
    신병리학자. 베르그송의 영향을 받아 정신분열병의 본질을 현실과의 생명적
    접촉의 상실로 파악한 저서 《정신분열병 : 분열증 환자의 정신병리학》(1929)
    을 냈으며, 《살아 있는 시간》(1935), 《하나의 우주론을 향하여》(1936) 등 형

그러나 여기서 램프란 전등을 말한다. 캄캄한 공간 뒤에 바로 밝은 공간을 불러오기 위해서는 손가락으로 스위치 하나를 누르면 그만이다. 같은 기계적 동작이 그 반대의 변화도 가능하게 한다. 조그마한 하나의 기계 장치가 똑같은 소리로 "예", "아니오"라고 말하는 것이다.

현상학자는 그리하여 우리를 교대로 두 개의 세계 속에 놓으며, 드디어 두 개의 의식 속에 말하는 수단을 가진다. 전기 스위치로 사람들은 끝없이 "예", "아니오"의 유희에 빠질 수 있다. 그러나 이러한 기계 장치를 받아들임으로써 현상학자는 그의 행위의 현상학적 두께를 잃어버린다.

어둠과 빛이라는 두 개의 세계 사이에는 실재성이 없는 순간, 베르그송적 순간, 지적 순간만이 존재한다. 그러한 순간은 램프가 보다 인간적이었던 때에는 더 많은 드라마를 가지고 있었다. 낡은 램프에 불을 켜면서 사람들은 어떤 실수를, 어떤 불운을 늘 두려워하였다. 오늘 밤의 심지는 어제의 심지와는 전혀 다른 것이다. 조심하지 않으면 심지를 태워버리게 된다. 만약 등피가 똑바르지 않으면 램프는 그을음을 피울 것이다. 낯익은 물건들에게 그에 상응하는 깊은 우정을 보임으로써 사람들은 항상 가치를 더하는 것이다.

이상학적 책을 썼다.
2 외젠 민코프스키, 《하나의 우주론을 향하여》(Aubier), p. 154.

2

우리가 순간적인 행위에 인간적 가치를 주는 순간의 다발(gerbe)을 알아낼 수 있는 것은 시인들이 그들의 사물에 대해 가지는 우정 속에서이다.

유년 시절의 추억을 이야기하는 대목에서 앙리 보스코는 램프에게 그것이 이미 가지고 있는 존엄을 다시 부여하고 있다. 우리의 고독한 존재에 충실한 저 램프에 대하여 그는 이렇게 쓰고 있다.

"드디어 그것이 무엇인가라고 느낄 때 감동하지 않을 수 없었다. 낮 동안에 그것은 그저 어떤 것일 뿐이며, 하나의 쓸모 있는 물건으로밖에는 생각되지 않았다. 그런데 날이 어두워지고 손으로 벽을 따라 더듬거리며 겨우 돌아서 몇 발짝 움직일 수 있는 정도의 어슴푸레한 빛에 힘입어 쓸쓸한 집 안을 헤매는 그때, 당신이 찾는 램프, 보이지 않는 램프, 하지만 드디어 놓아둔 채 잊어버렸던 곳에서 찾아내고야 마는 램프, 겨우 더듬어 손으로 잡은 그 램프는 아직 불이 켜지기도 전에 당신을 안심시키며 부드러운 모습을 나타낸다. 그것은 당신을 침착하게 하며 당신을 생각하고 있다……" [3]

이러한 문장은 사물의 존재를 그 도구성(ustensilité)으로 정의하

---

3 앙리 보스코, 《깊지 않은 망각》(Gallimard, 1961), p. 316.

려는 현상학자들에게는 그다지 반향을 불러일으키지 못할 것이
다. 그들은 도구성이라는 비천한 말을 만들어내어 사물이 우리에
게 전달하는 매력을 단번에 끊어놓고 말았다. 그들에게 도구성이
란 추억의 몽상을 필요로 하지 않을 만큼 명확한 하나의 지식인
것이다. 그러나 추억은 좋은 사물, 충실한 사물에 대해 갖는 친
근함을 더 깊게 해준다. 매일 밤 약속된 시간에 램프는 우리를
위해서 "선행"을 하는 것이다. 좋은 사물과 훌륭한 몽상가 사이
의 이와 같은 감정의 교류는 성인의 나이에 굳어버린 심리학자들
로부터 쉽게 비판을 받을 것이다. 그들에게 이와 같은 일은 어린
애 같은 나이의 후유증에 지나지 않는 것이다. 그러나 시인의 펜
밑에서 그 시적 의미가 다시 고조되기 시작한다. 작가는 원초적
인 시적 현실에 민감한 영혼들이 자신의 작품을 읽으리라는 것을
알고 있다. 보스코의 문장은 계속된다.

"불을 켤 때 그것을 주시하라. 그리고 우리의 방심한 눈 밑에
서 그것이 은밀히 홀로 켜지는 것인가 아닌가를 내게 말해보라.
사람들로부터 받는 불보다도 그것이 우리에게 제공하는 불꽃이
훨씬 더 많다고 말한다면, 아마 당신들은 놀랄 것이다. 불은 외부
로부터 온다. 그러나 이 불은 하나의 이유, 닫혀 있는 램프가 빛
을 발산하기 위해 이용하는 편리한 구실에 지나지 않는다. 램프
가 존재한다. 나는 그것을 살아 있는 피조물(créature)로 느낀다."

"살아 있는 피조물"이라는 말이 모든 것을 결정한다. 몽상가
는 이 "살아 있는 피조물"이 빛을 만들어낸다는 것을 알고 있다.

124

그것은 창조하는 피조물이다. 거기에 하나의 장점을 더하는 것으로 충분하며, 그것이 좋은 램프이고 지금 그렇게 하여 살아 있음을 생각하는 것으로 충분하다. 그것은 일찍이 평화의 추억 속에 살고 있었다. 몽상가는 그토록 잘 켜지곤 했던 좋은 램프를 생각한다. "켜져 있었다(s'allumait)"는 대명동사가 빛을 내는 피조물로서의 가치를 강화한다. 언어와 그것의 유연한 굴절(flexion)은 우리가 잘 몽상하도록 도와준다. 사물들에게 특성을 부여하라. 활동하는 존재에게 마음속으로부터 정당한 힘을 부여하라. 그러면 세계는 빛날 것이다. 하나의 좋은 램프, 좋은 심지, 좋은 기름, 그런 것들에서 비로소 인간의 마음을 기쁘게 하는 빛이 생긴다. 아름다운 불꽃을 좋아하는 자는 좋은 기름을 좋아한다. 그는 우주 창조적인 모든 몽상의 비탈을 내려간다. 그곳에서는 세계의 사물들이 하나하나 세계의 싹이다. 노발리스와 같은 사람에게 기름은 빛의 질료 그 자체이며, 노란색의 아름다운 기름은 응축된 빛, 팽창하기를 바라는 응축된 빛이다. 사람들이 와서 가벼운 불꽃으로 그 질료 속에 갇혀 있는 빛의 힘을 해방시키는 것이다.

아마 우리는 이만큼 멀리는 꿈꿀 수 없으리라. 그러나 우리는 일찍이 이렇게 꿈을 꾸었다. 어두운 질료에게 빛이 있는 생명을 주는 램프에 대해 꿈꾸었던 것이다. 또 언어의 몽상가가 석유(pétrole)라는 것이 화석화된 기름(l'huile petrifiée)이라는 어원에서 나온 것임을 배울 때 어찌 감동하지 않을 수 있을까? 램프는 대지의 심연에서 빛을 끌어올린다. 작용하는 물질이 낡으면 낡을수록 램프는 확실히 창조하는 피조물로서 그 규정에 따라 꿈꾸게 되는 것이다.

그러나 빛의 우주 창조에 관한 이와 같은 몽상은 더는 우리 시대의 것이 아니다. 우리가 여기서 그것을 환기하는 것도 미지의 몽환 상태, 잃어버린 몽환 상태, 겨우 역사의 소재나 낡은 지식이 되어버린 몽환 상태를 명백히 해두기 위한 것에 지나지 않는다.

그러므로 우리는 한 사람의 위대한 몽상가의 영감에 따라 몽상을 이끌어가고자 한다. 보스코를 따름으로써 우리는 그의 꿈속에 보존된 유년 시절 몽상의 깊이를 발견할 수 있다. 우리는 보스코와 더불어 추억과 꿈이 교차하는 미궁 속으로 들어간다. 꿈속에서 잡은 유년 시절이란 헤아릴 수 없는 것이다.

사람들은 언제나 이야기를 함으로써 그것을 조금씩 변형시키고 있다. 어느 때는 지나치게 몽상함으로써, 또 어느 때는 덜 몽상함으로써 그것을 변형시킨다. 앙리 보스코는 램프에 끌려가는 감정을 우리에게 전하려고 할 때 추억과 꿈의 이러한 파동에 민감해진다. 램프라는 존재와 최초의 빛에 충실하려는 몽상가의 존재가 무엇인가를 말하기 위해서는 이중의 존재론이 필요하다. 우리는 추억을 업고 있는 사물에 대한 시적 감정의 근원을 건드린다. 보스코는 이렇게 쓰고 있다.

"다소 서툴게 내가 늘어놓은 저 유년 시절로부터 나에게 온 감정, 생각건대 그것은 고독이었다."[4]

램프와 어린아이의 이와 같은 정다운 관계에서 보스코의 모든 작품을 통해 램프가 하나의 삶에 대한 이야기 가운데 효과적인 역할을 하는 진짜 등장인물이 되고 있다는 사실에는 놀라지 않을 것이다. 보스코의 많은 소설에서 가정의 램프들, 내적인 램프들은 어떤 집의 인정(人情), 어떤 가정의 지속을 특징화하기 위해 나타난다. 때때로 늙은 가정부가 선조로부터 물려받은 램프를 관리하고 있다. 젊은 주인의 살림을 맡아보는 늙은 가정부는 오랫동안 가까이해온 물건들을 아낌으로써 그녀가 어린아이였을 때부터 알고 있는 주인을 위해 유년 시절의 평화를 존속시키는 것이다. 그녀는 집안에 큰일이 생길 때마다 그에 알맞은 램프를 꺼낼 줄 안다. 그리하여 등화(燈火)의 격식을 알고 있는 늙은 시도니는 어떤 대단한 손님을 맞이하기 위해 은가지가 붙은 촛대의 모든 초에 불을 켜는 것이다.

엄숙한 시간에는 촌스러운 램프가 그 단순함으로 삶과 죽음이라는 자연의 드라마를 강조한다. 어둔 밤을 지새우는 가운데 아마 그의 선량한 머슴이 죽었을 때, 보스코의 소설 《말리크루아》의 주요 등장인물인 몽상의 주인공은 램프에서 정신적 구원을 발견한다.

---

4 앞의 책, p. 317.

"나는 구원을 필요로 했는데, 왠지는 모르지만 그 작은 램프의
불에서 그것을 찾았다. 심지를 잘못 잘라 벌겋게 타면서도 금방
꺼질 것만 같은 램프에 지나지 않는 그것이 나를 초라하게 비추
었다. 그렇지만 그것은 그곳에 살아 있었다. 그 가녀린 불꽃이
연약해지는 순간에도 일종의 종교적 평안이 담긴 밝음을 유지하
고 있었다. 그것은 부드럽고 우정에 넘치는 존재로서, 나의 비탄
속에서도 램프로서 생명의 신중한 파동을 전해주었다. 무엇보다
도 유리로 된 둥근 기름 단지에 석유가 조금밖에 없었기 때문에
번질거리는 석유가 램프를 타고 올라갔고, 불꽃은 그것을 빛으로
용해시켰다. 그런데 그 빛은 도대체 어디로 가는 것이었을까?"[5]

그렇다. 죽음이 그 찬 손을 죽어가는 사람의 눈 위에 놓았을
때, 하나의 시선이 발하는 빛은 도대체 어디로 가는 것인가?

4

삶이 드라마를 가지지 않는 때일지라도 램프의 시간은 엄숙한
시간이며, 그 느긋함 속에서 생각해야 할 시간이다. 불꽃의 몽상
가인 한 시인은 이러한 완만한 지속을 램프의 존재를 표현한 글
에 쓰고 있다.

---

5 앙리 보스코, 《말리크루아(Malicroix)》, p. 232.

128

……이 주의 깊은 램프와 저녁이 상의하고 있다……[6]

두 개의 말줄임표로 된 이 시구는 파르그[2)]의 텍스트에 있는
것이다. 이리하여 시인은 작은 빛과 저녁의 첫 어둠이 일체를 이
루는 서곡을 낮은 소리로 노래할 것을 우리에게 명령한다.

유연한 움직임이 꿈의 명암 속에 펼쳐지며 평화를 퍼뜨리고
있다. "램프는 마음을 진정시키는 손을 뻗친다."[7] "하나의 램프
가 방 안에서 날개를 펼친다."[8] 램프는 여유를 가지고 방 전체를
점진적으로 비추는 것 같다. 빛의 날개와 손이 벽을 가볍게 스치
며 천천히 지나가려고 한다.

그리하여 레옹 폴 파르그는 소라 껍질 모양의 갓 밑에서 램프
가 속삭이는 것을 듣는다. 두 개의 아주 가벼운 방사광(放射光)과
반사광(反射光)이 빛의 널따란 면을 일으키기도 하고 가라앉히기
도 한다. "램프는 소라 껍질 속에서 들려오는 것같이 가볍고 부
드럽게 노래한다."[9]

옥타비오 파스도 램프가 속삭이는 것을 듣는다.

---

6   Léon Paul Fargue, 《시편(poèmes)》에 수록된 〈음악에 대해〉(Paris, Gallimard),
    p. 71.
2) 레옹 폴 파르그(1878~1947) : 프랑스의 시인으로서 보들레르의 훌륭한 계승
    자로 인정받고 있다. 주요 시집으로 《공간》(1929), 《램프 아래서》(1930), 《파
    리의 보행자》(1939), 《고고(孤高)》(1941) 등이 있다.
7   《시편(poèmes)》에 수록된 〈음악에 대해〉, p. 108.
8   앞의 책, p. 65.
9   앞의 책, p. 108.

"석유 램프의 빛, 설명하고 훈계하며 자기 자신과 의논하는 빛. 그것은 아무도 오지 않을 것이라고 내게 말한다……"[10]
램프가 낮은 소리로 말할 때 침묵이 커지는 것 같다.

소금처럼 스며드는 침묵이 램프들을 울리고 있었다.[11]

라고 벨기에의 시인 로제 브뤼셰는 말한다.

흐르면서 계속되는 지속과 타면서 계속되는 지속이 여기서 그 이미지를 조화시킨다. 파르그의 램프는 조용하고 느린 시간의 위대한 이미지다. 램프의 불꽃 속에 있는 화성(火性)의 시간은 스스로 격동을 억제한다. 램프의 불을 말하기 위해서는 평온함 속에서 숨쉬지 않으면 안 된다.

저 조르주 로덴바흐의 얼마나 많은 램프가 우리에게 똑같은 조용함을 주는가! 《고향 하늘의 거울》[12]에 나오는 한 줄의 시구에서 우리는 위대한 교훈을 얻는다.

온화한 불의 완만한 눈짓을 지닌 정다운 램프.

저녁이 되어 램프를 켤 때, 램프의 시인을 통해 살아나는 것은

---

10 옥타비오 파스, 《독수리 또는 태양?》, 장 클라랑스 랑베르(역), p. 69.

11 Roger Brucher, 《가혹함의 전야(Vigiles de La Rigueur)》, p. 21.

12 Georges Rodenbach, 《고향 하늘의 거울》, p. 19.

하나의 기계적 순간 이상의 것이다.

> 지속되는 이 행복에
> 방은 놀란다.[13]

빛의 행복은 램프를 통해서 몽상가의 방에 스며든다.

우리는 램프의 인간적 가치를 한마디로 말하고 있는 많은 이미지를 쉽게 모을 수 있다. 이러한 이미지는 훌륭한 것일수록 단순하다는 특성을 가지고 있다. 램프의 환기(喚起)는 추억하기를 좋아하는 독자의 영혼에 하나의 반향을 보증하는 것 같다. 일종의 시적 광훈(光暈/halo)이 과거를 생생하게 되살리는 몽상의 명암 속에서 램프의 빛을 감싸는 것이다.

그러나 램프의 심리학적 가치에 관한 우리의 증명을 너무 다양한 예에 걸쳐 흩어놓기보다는 차라리 램프가 심리적으로 신비하게 등장하는 소설의 첫 번째 미스터리로 나타난 앙리 보스코의 가장 아름다운 이야기 가운데 하나를 예로 들기로 한다. 그 소설은 《히아신스(Hyacinthe)》라는 작품이다. 보스코의 독자라면 누구나 《히아신스의 뜰》이나 《짧은 바지 안느》를 통해 거기에서 어린 아이로 알았던 사람이 젊은 부인이 되어 있는 것을 발견할 수 있을 것이다. 한 작품에서 다른 작품으로 옮겨가 살아가는 보스코

---

13 앞의 책, p. 4.

소설의 등장인물들은 그리하여 창조자로서 생활의 몽환적 친구가 된다. 우리의 모든 생각을 말하기 위해 좀더 추가하기로 하자. 보스코의 작품에서는 램프 역시 또 하나의 몽환적 친구이다.

꿈이나 악몽의 혼돈에도 불구하고 이 내적 존재, "형제처럼 우리를 닮은" 이 이중적인 존재의 개성을 캐낸다는 것은 심리학자들에게 얼마나 큰 일이었겠는가! 우리는 그때 우리의 몽상이 지닌 존재적 통일을 알게 된다. 우리는 참으로 우리 자신의 몽상가가 되는 것이다. 우리는 타자로서의 몽상가, 존재의 존재적 통일을 알게 될 때 타자를 몽환적으로 이해할 수 있는 것이다.

그러면 《히아신스》에 나오는 보스코의 램프를 자세히 보기로 하자.

5

램프는 작품의 첫 페이지에서부터 모습을 내보이는 "존재"이다. 소설의 화자가 쓸쓸한 언덕 위 인기척 하나 없는 집의 벽으로 둘러싸인 텅 빈 뜰에 있다는 것을 말하기 위해 겨우 여섯 줄밖에 쓰지 않았는데 벌써 램프가, 타인의 램프, 먼 곳의 램프, 예기치 않은 램프가 등장하는 것이다. 처음 읽고서는 다음과 같은 몇 줄의 극히 간결한 말로 그 싹이 표현되는 고독의 드라마를 판별하지 못할 것이다.

"내가 도착한 그날 밤부터 좁은 창이 뚫려 있는 벽 쪽에 램프가 켜졌다. 나는 초조했다."

"나는 길에서 기다렸다. 덧문을 닫을 것이라 기대했으나 아무도 닫지 않았다. 마침내 내가 집에 돌아가려고 결심했을 때에도 램프는 여전히 빛나고 있었다. 그때부터 어둠이 깔리는 저녁 무렵 그것이 켜지는 것을 나는 볼 수 있었다."

"가끔 밤늦게 거리에 나가보곤 했다. 나는 그것이 아직 켜져 있는지 어떤지를 알고 싶었다."

"그것은 거기에 있었다. 동틀 무렵에야 불이 꺼지곤 했다."

더 읽을 것도 없이 램프의 몽상가인 우리에게 하나의 문제가 던져졌다. 그것은 "타인의 램프"이다. 타자의 인식을 말하는 현상학자들도 이와 같은 문제는 논한 적이 없었다. 먼 곳의 램프가 누군가의 표시라는 것을 그들은 알지 못한다.

램프의 몽상가에게는 타인의 램프에도 두 종류가 있다. 아침의 램프와 저녁의 램프, "일어날 때"의 램프와 "잠들 때"의 램프가 그것이다. 보스코는 밤새도록 빛나고 있는 램프와 마주하면서 두 가지 문제를 제기한다. 저 타인의 램프란 무엇인가? 저 홀로 램프에 의지하고 있는 타인은 누구인가? 《히아신스》라는 소설 전체가 이러한 질문에 답하고 있다.

그러나 고독의 현상학을 배우기 위해 우리는 첫 번째 인상 속에서 멈추어야 한다. 그렇게 생각할 때, 보스코의 소설 첫 페이지는 극도로 감성적이다. 쓸쓸한 언덕 위 고독을 찾아온 사람은 그의 거처로부터 오백 미터쯤 떨어진 곳에서 타오르는 램프에 마음이 흔들린다. 타인의 램프가 그의 램프 곁에서 얻은 휴식을 방해한다. 거기에서 생기는 것은 고독의 경쟁이다. 사람들은 홀로 있기를 바라며, 고독의 뜻 깊은 램프를 홀로 가지고 싶어한다. 만약 앞에 놓인 고독한 램프가 가정의 일들을 비추고 있다거나, 그것이 단순한 도구에 지나지 않는다면, 보스코라는 명상하는 램프의 몽상가는 어떠한 도전이나 괴로움도 받아들이지 않았을 것이다. 하지만 같은 마을에 두 개의 철학적 램프가 있다는 것은 지나치다. 그 중 그 하나는 여분인 셈이다.

몽상가인 코기토(Cogito)는 그만의 우주를 만든다. 단일한 우주, 자기만의 우주를. 만약 몽상가가 또 다른 사람의 몽상이 하나의 세계를 자신의 세계에 대립시키고 있다는 확신을 갖는다면, 그의 몽상은 흐트러지고 그의 우주는 혼란에 빠질 것이다.

그리하여 《히아신스》의 첫 페이지에서 곧바로 내적인 적의(適意)의 심리학이 펼쳐진다. 이 먼 곳의 램프는 아마 그 자신 위에 "몸을 웅크리고" 있지는 않을 것이다. 그것은 "기다리는" 램프이다. 그것은 끊임없이 밤을 지새워 감시하는 데까지 이른다. 보스코의 고독한 주인공이 고독을 찾았던 언덕은, 따라서 "감시받고 있는" 공간이다. 램프는 기다리며 감시하고 있다. 그것은 감시한다. 그러므로 적의에 차 있다. 고독을 침범해 들어간 몽상가의 영혼에는 적의가 산더미처럼 쌓여간다. 그때 보스코의 소설은 새로운 축을 향하여 달린다. 먼 곳의 램프가 언덕을 감시하고 있는 이상, 그에 어리둥절해진 몽상가는 감시자를 감시하게 된다. 그리하여 램프의 몽상가는 타인의 램프를 엿보기 위해 자기의 램프를 감춘다.

우리는 램프의 심리학에 그렇게 연구된 적이 없는 뉘앙스를 나타내기 위해 보스코의 텍스트를 함부로 이용했다. 타인의 램프가 우리의 경솔함을 드러내고 고독을 방해하며 밤을 지새려는 우리의 자존심에 도전할 수도 있다는 것을 느끼게 하려고 다소 과장했다. 과장된 이 모든 뉘앙스는 램프도 다른 모든 가치와 마찬가지로 일종의 양극성(ambivalence)을 갖는다는 생각을 일깨워준다.

그러나 고독에 대한 뜻하지 않은 실망으로 시작되는 소설에서 낯선 방 안의 램프가 보스코의 이야기를 이끌어가는 몽상가에게 얼마 안 있어 선의의 램프로서 구원을 주는 존재가 된다. 몽상가는 그때 위안을 찾기 위해 타인의 고독을 생각한다. 이러한 전환이 17쪽에서부터 이루어지고 있다.

"먼 곳의 램프가 갑자기 예기치 않게 중요해진 것은 이때였다. 그것이 어둠 속에서 아주 강하게 빛을 냈기 때문이다.[14] 그것은 언제나 똑같은 부드러움으로 빛나고 있었지만 그 빛이 보다 정다워 보였기 때문이다. 아마도 일거리나 그 몽상을 비추는 정령이 이제 거기에서 더 한층 다정한 열기를 발견하고, 그 온화한 모습을 사랑하고 있었다는 듯하다. 그것은 나의 눈에 신호로서의 가

---

14 겨울의 황혼녘에 이 장면이 묘사된다.

치를 잃고 기다림의 약속을 버린 램프가 되었다."

눈이 언덕을 휩쓸 때, 겨울이 모든 생명을 정지시킬 때, 고독은 고립된다. 그리하여 몽상가는 비탄을 알게 된다. "바람에 쓸리는 들판"을 그는 도망칠 것인가? 그는 저 먼 곳의 램프를 꿈꿈으로써 구원을 발견한다.

눈 덮인 벌판에서, "나는 램프를 보고 있었다. 나를 붙잡았던 것은 그것이다. 나는 지금 은근한 애정으로 그것을 보고 있다. 그것은 나를 위해서 불을 밝히고 있다. 그것은 나의 램프이다. 이렇게 밤늦게 램프의 포근한 빛 아래서 밤을 지새우는 사람을 나는 마침내 나와 비슷한 사람으로 떠올리기에 이르렀다. 때때로 이 유사함을 뛰어넘어 내가 상상했던 것은, 나에게는 잘 헤아릴 수 없는 것으로 남아 있는 어떤 명상에 주의를 기울이는 바로 나 자신이었다."[15]

먼 곳의 램프를 앞에 둔 몽상가가 드러내는 신뢰의 움직임은 끝을 알 수가 없다. "헤아릴 수 없다"는 말은 질문하는 사람이 물러서게 되는 것을 가리킨다. 신뢰와 신비의 파동은 가라앉지 않았다. 휴식을 얻기 위해서는 심리적 신비를 넘어서 정말로 램프 밑에서 밤을 지새우는 사람이 될 필요가 있다. 모든 사고가 이러한 욕구를 향해 나아가고 있다. "램프 뒤에 그 영혼이 있었다. 내가 원했던 바로 그 영혼이."

---

15 앙리 보스코, 《히아신스》, p. 18.

우리는 보스코의 이 작품 속에서 타인의 램프에 관한 몽상을 자극하는 풍부한 변주들 가운데 적은 분량만을 다루었다. 하지만 보스코가 쓴 30쪽 정도를 한줄 한줄 주석해나간다 할지라도 섬세함과 깊이가 차례차례 나오는 그 아름다움을 과연 객관적으로 표현할 수 있을까?

나는 《히아신스》를 읽고 또 읽었다. 그 감명이 동일했던 때는 결코 없었다…… 문학 교수가 된다면 우리는 얼마나 무능할 것인가! 나는 읽으면서 지나치게 몽상한다. 또 지나치게 추억에 잠긴다. 독서할 때마다 나는 개인적인 몽상과 추억을 만나곤 한다. 하나의 말, 하나의 몸짓이 나의 독서를 멈추게 한다. 보스코의 소설 속 화자가 빛을 감추기 위해 덧문을 닫으면, 나는 지나간 나의 옛집에서 비슷한 몸짓을 했던 밤들을 추억한다. 마을의 목수는 아침 해가 집안 사람들을 깨울 수 있도록 덧문들의 한복판에 두 개의 하트 모양을 오려놓았었다. 그 때문에 저녁 무렵이나 밤늦게 우리의 램프가 덧문에 뚫린 두 개의 구멍을 통해 잠든 들판에 두 개의 금빛 하트 모양의 빛을 던지고 있었다.

나의 램프와 나의 백지

1

일로 지새웠던 먼 과거를 추억하고, 램프 밑에서 읽고 명상하는 집요한 연구자의 아주 다양한, 그러나 아주 단조로운 이미지를 다시 상상함으로써 사람들은 마치 한 폭의 그림 속 유일한 인물인 것처럼 살아가기 시작한다. 그 그림에서 방은 윤곽이 희미한 벽에 둘러싸여 있고, 가운데를 향해 초점이 맞춰진 것처럼 램프가 비추는 책상 앞에 앉아 명상하는 사람에게 집중된다. 기나긴 생애를 통해서 그림은 많은 손질을 받았다. 그러나 그것은 일관성을 지니고 있으며, 중심적 생명을 유지하고 있다. 그것은 지금 추억과 몽상이 녹아든 하나의 항구적인 이미지이다. 꿈꾸는 존재는 일하던 존재를 추억하기 위해 그곳에 자기를 집중시킨다. 그곳에서 일했고, 충분히 일할 수 있는 에너지를 가지고 있었던 작은 방들을 추억하는 것은 위안인가 향수인가? 고독한 일의 참다운 공간, 그것은 조그마한 방의 램프가 비추는 둥근 원이다.
장 드 보셰르는 이것을 알고 다음과 같이 썼다. "일을 하게 해주
는 것은 다만 조그마한 방뿐이다."[1]

더구나 학습용 램프는 방 전체를 책상의 범위에 포함시킨다.
내 추억 속에서 옛날의 램프는 살아가는 거처를 얼마나 응집시켰
으며, 용기에 찬 고독을, 일하는 사람의 고독을 재생시켰던가!

그리하여 램프 아래서 일하는 사람의 모습은 무수한 추억에
잠겨 있는 내게, 그리고 모든 사람들에게 가치 있는 한 장의 "처
음 인쇄된 판화"라고 나는 상상한다. 이 그림은 어떤 설명도 필
요가 없다. 사람들은 램프 아래서 연구자가 무엇을 생각하는가는
알지 못하나 그가 생각하고 있다는 것, 혼자 생각하고 있다는 것
은 안다. 처음 인쇄된 그 판화에는 고독의 각인이, 어떤 유형의
고독을 특징화한 각인이 찍혀 있다.

내가 만약 나의 "처음 인쇄된 판화" 중 어떤 것에서 나를 재발
견할 수 있다면, 나는 더 많이, 그리고 더 훌륭하게 일할 수 있었
을 것이다!

---

1   장 드 보셰르, 《어두운 사람, 사탄》, p. 195.

2

램프가 비추는 책상 위에 흰 종이의 고독이 펼쳐질 때, 고독도 한층 커진다. 흰 종이! 건너가야 할, 그러나 결코 건너보지 못한 이 광대한 사막. 매일의 밤샘에서 하얀 그대로 머물러 있는 흰 종이는 끝없이 처음부터 다시 시작하는 고독의 거대한 표시가 아닌가? 단지 배우기만을 바라거나 생각하기만을 바라는 것이 아니라 "쓰기를 바라는" 사람의 백지일 때, 그 고독한 사람에게 달라붙는 것은 도대체 무슨 고독이겠는가. 그때 흰 종이는 하나의 허무, 고통스러운 허무, 기술(記述/écriture)의 허무이다.

그렇다. 아무튼 쓸 수만 있다면! 이후에는 아마 생각할 수 있을 것이다. "먼저 쓰고 그 다음에 철학한다(Prinum scribere, deinde philosophari)"[2]고 니체는 말하고 있다. 그러나 사람들은 쓰기 위해 너무 홀로 있다. 백지는 너무 희고, 사람들이 글을 씀으로써 참으로 존재하기에는 맨 처음부터 너무 텅 비어 있다. 백지는 침묵을 강요한다. 그것은 램프의 친밀성을 반대한다.

그때부터 "판화"는 두 개의 극, 램프의 극과 백지의 극을 갖는다. 이 두 개의 극 사이에서 고독한 연구자는 분열된다. 그때 적의에 찬 침묵이 나의 "판화"에 군림한다.

---

2 니체, 《즐거운 지식(Le Gai Savoir)》, 프랑스어판(Mercure de France), p. 25, 단장 제34.

순백이 지키고 있는 빈 종이 위를 비추는

램프의 황량한 빛……[3]

말라르메가 이렇게 표현했을 때, 그 또한 두 개로 분열된 "판화" 속에 살고 있었던 것이 아닐까.

3

그리고 모든 것을 다시 시작한다는 것, 글을 씀으로써 살기 시작한다는 것, 그것은 얼마나 좋은 일인가!—그 자신에 대하여 또 얼마나 관대한 일인가—기술을 통해서, 기술 속에서 태어나는 것, 고독한 밤샘의 크나큰 이상이여! 그러나 존재의 고독 속에서, 마치 삶의 백지에 대해 계시를 갖고 있었던 것처럼 쓰기 위해서는 "의식의 모험", 고독의 모험이 필요하다. 그러나 그것만으로 의식이 자신의 고독을 변화시킬 수 있을까?

그렇다. 홀로인 상태에서 어떻게 의식의 모험을 안다는 것인가? 사람들은 그들 자신의 심연에 내려감으로써 의식의 모험을 발견할 수 있을까? 나는 몇 번이고 내 "판화"들 중 하나에 살면서 나의 고독을 심화했다고 생각했다. 존재의 나선형 계단을 하

3　Mallarmé, 《바닷바람(Brises Marines)》.

나하나 내려갔다고 생각했다. 그러나 이러한 하강 속에서 스스로는 생각한다고 하면서 사실은 몽상하고 있었던 것임을 이제는 안다. 존재는 아래쪽에 있지 않다. 그것은 위쪽에, 언제나 위쪽에—분명히 활동하는 고독한 사고 속에 있다. 그러므로 흰 종이 앞에서, 의식이 넘치는 젊음 속에 되살아나기 위해서는 낡은 이미지, 퇴색한 이미지의 명암에 어둠을 약간 더 넣어야 할 것이다. 그 반면에 판화를 다시 새기는 것—매일의 밤샘에서 램프의 고독 속에 있는 고독한 사람의 존재 자체를 다시 새기는 것, 요컨대 존재의 원초적 모습에서 모든 것을 보고, 모든 것을 생각하고, 모든 것을 말하며, 모든 것을 써야 할 것이다.

4

결국 인생의 여러 가지 경험, 이리저리 찢기고 갈래갈래 조각난 경험들을 숙고해보건대, 내가 참으로 "실존의 책상"에 임하는 것은 차라리 백지 앞에서, 나의 램프로부터 적당한 거리를 두고 책상 위에 펼쳐진 흰 종이 앞에서이다.

그렇다. 내 실존의 책상에서 나는 최대한의 실존, 팽팽한 실존—앞을 향하여, 보다 앞을 향하여, 또 그 위를 향하여 긴장하고 있는 실존을 알게 된다. 내 주위의 모든 것이 안식이며 고요이다. 나의 고독한 존재, 존재를 구하는 나의 존재는 어떤 다른 존재, 초월적 존재가 되려는 있음직하지 않은 욕구 속에서 긴장하고 있다. 그렇게 해서 사람들은 무(無)로부터, "몽상"으로부터 책을 만들어낼 수 있는 것이라 믿는다.

그러나 한 몽상가의 심령의 조그만 명암첩(明暗帖)이 끝나갈 때, 아주 엄격하게 정돈된 사유에 대한 향수의 시간이 다시 온다. 나는 촛불에 대한 나의 로망티슴(romantisme)을 뒤따라감으로써 실존의 책상 앞에 있는 삶의 반쪽만을 말했을 뿐이다. 그렇게도 많은 몽상 뒤에 성급함이 나로 하여금 더 배우도록, 따라서 한 권의 책 속에서, 나에게는 언제나 다소 어려운 한 권의 책 속에서 공부하기 위해 백지를 멀리하도록 나를 사로잡는 것이다. 엄밀한 전개를 보여주는 책 앞에서의 긴장 속에서 정신은 스스로를 구축하고 재구축한다. 사유의 모든 생성, 사유의 모든 미래는 정신의 재구축 속에 있다.

그러나 내가 아주 잘 아는 일하는 사람을 재발견하고, 그 사람을 나의 판화 속에 다시 들여보낼 시간이 과연 내게 아직 있는 것일까?

옮긴이 **이가림**

성균관대학교 불어불문학과와 같은 학교 대학원을 졸업하고
프랑스 루앙대학교에서 박사학위를 받았다.
1966년 동아일보 신춘문예에 시가 당선되어
문단에 데뷔했으며 인하대학교 불문과 교수를 역임했다.
시집으로《빙하기》,《유리창에 이마를 대고》가 있고, 옮긴 책으로는
가스통 바슐라르의《물과 꿈》,《꿈꿀 권리》, 알베르 카뮈의《시지프의 신화》,
장 콕토의《내 귀는 소라껍질》, 쥘 르나르의《홍당무》등이 있다.

촛불의 미학

1판 1쇄 발행 1975년   9월 30일
3판 5쇄 발행 2024년   9월   1일

지은이 가스통 바슐라르 | 옮긴이 이가림
펴낸곳 (주)문예출판사 | 펴낸이 전준배
출판등록 2004. 02. 11. 제 2013-000357호 (1966. 12. 2. 제 1-134호)
주소 04001 서울시 마포구 월드컵북로 21
전화 393-5681 | 팩스 393-5685
홈페이지 www.moonye.com | 블로그 blog.naver.com/imoonye
페이스북 www.facebook.com/moonyepublishing | 이메일 info@moonye.com

ISBN 978-89-310-0074-0 93860

• 잘못 만든 책은 구입하신 서점에서 바꿔드립니다.

문예출판사® 상표등록 제 40-0833187호, 제 41-0200044호